Nous remercions le ministère du Patrimoine canadien,
la SODEC et le Conseil des Arts du Canada
de l'aide accordée à notre programme de publication

ainsi que le gouvernement du Québec
– Programme de crédit d'impôt
pour l'édition de livres
– Gestion SODEC.

Nous reconnaissons l'aide financière
du gouvernement du Canada
par l'entremise du Programme d'aide au développement
de l'industrie de l'édition (PADIÉ) pour ce projet.

Illustration de la couverture :
Pierre Bourgouin

Édition électronique :
Infographie DN

Membre de l'Association nationale des éditeurs de livres

Dépôt légal : 4e trimestre 1999
Bibliothèque nationale du Canada
Bibliothèque nationale du Québec

11 12 13 14 15 IML 09

Ni vous sans moi, ni moi sans vous

DU MÊME AUTEUR
AUX ÉDITIONS PIERRE TISSEYRE

Collection Chacal

La maudite, 1999.

Collection Conquêtes

L'Ankou ou l'ouvrier de la mort, 1996.
Terreur sur la Windigo, 1997 (finaliste au Prix du Gouverneur
général 1998).

Aux Éditions Hurtubise/HMH (jeunesse)

Le fantôme du rocker, 1992.
Le cosmonaute oublié, 1993.
Anatole le vampire, 1996.

Aux Éditions Triptyque

Le métier d'écrivain au Québec (1840-1900), 1996.
Dictionnaire des pensées politiquement tordues, 1997.

Données de catalogage avant publication (Canada)

Mativat, Daniel, 1944

    Ni vous sans moi, ni moi sans vous : la fabuleuse
    histoire de Tristan et Iseut

    (Collection Conquêtes ; 78)
    Comprend un index.
    Pour les jeunes de 13 ans et plus.

    ISBN 978-2-89051-752-3

    I. Titre II. Titre : Tristan (Légende). Français
    III. Collection

PS8576.A828N5 1999   jC843'.54   C99-941686-3
PS9576.A828N5 1999
PZ23.M37Ni 1999

DANIEL MATIVAT

Ni vous sans moi, ni moi sans vous

La fabuleuse histoire d'amour de Tristan et Iseut

roman

ÉDITIONS PIERRE TISSEYRE
www.tisseyre.ca

9300, boul. Henri-Bourassa Ouest, bureau 220
Saint-Laurent (Québec) H4S 1L5
Téléphone : 514-335-0777 – Télécopieur : 514-335-6723
Courriel : info@edtisseyre.ca

Avant-propos

L'idée d'écrire ma propre version de *Tristan et Iseut* remonte à un rêve d'adolescence. J'avais quinze ou seize ans quand je lus pour la première fois la version de Joseph Bédier (1902-1905). À l'époque, celle-ci était fort rare et j'avais trouvé l'histoire si belle que j'avais entrepris de la recopier entièrement à la main. C'est alors qu'un de mes professeurs m'apprit que ce texte qui m'avait enchanté n'était qu'une version parmi tant d'autres de la légende et sans doute pas la plus fidèle. Déçu, je me mis donc à la recherche des textes originaux. Je découvris alors que toutes les versions publiées n'étaient que des interprétations ou des collages de fragments empruntés à différents auteurs, car le texte original était perdu à jamais si tant est qu'il ait jamais existé.

Je lus donc la version de André Mary (1941) beaucoup plus «sauvage» et «barbare» que celle de Bédier, mais qui, me disait-on, ne valait pas celle de René Louis (1972). Entre-temps, j'avais commencé une licence de lettres à la Sorbonne et, dans le cadre du cours de philologie, le hasard fit que je fus amené à étudier le *Roman de Tristan et Iseut*. J'étais fou de joie, mais mon enthousiasme ne dura pas, car je me retrouvai sur les bancs d'un amphithéâtre poussiéreux à écouter un vieux prof endormant qui passa un an à nous traduire les 800 derniers vers de Thomas, un fragment écrit en anglo-normand du XIIe siècle qui ressemblait à ceci :

Ysolt vait la ou le cors veit,
Si se turne vers orient,
Pur lui prie pitusement :
«Amis Tristan, quant mort vus vei,
Par raisun vivre puis ne dei.
Mort estes pur la meie amur
E jo muer, amis, de tendrur,
Quant a tens ne poi venir…

Grâce à ce docte personnage, j'en sus cependant un peu plus sur cette fabuleuse histoire d'amour qui m'avait tant fasciné. À l'origine, il s'agissait d'une vieille légende celte dont les racines se perdent dans la nuit des temps et dont on trouvait des traces jusque dans les sagas en norois des Vikings. Cette légende fut reprise avec d'autres, au Moyen Âge, pour constituer ce qu'on appela «la matière de Bretagne». Elle inspira sans doute un premier roman qui servit d'archétype à tous les romans postérieurs. On ne sait pas qui écrivit ce chef-d'œuvre. Peut-être un certain La Chèvre (quelle horreur!) ou bien le célèbre Chrétien de Troyes à qui l'on doit *Lancelot ou le Chevalier à la charrette*, *Yvain ou le Chevalier au lion* et *Perceval ou le Conte du Graal*. Toujours est-il que les seuls textes authentiques qui pouvaient nous donner une idée de ce roman perdu (vers 1120) étaient des adaptations tardives. En fait, huit fragments conservés dans cinq manuscrits, dont deux se trouvaient à Oxford, un à Cambridge, un à Turin (mais il avait disparu) et un dernier à Strasbourg (mais il avait brûlé en 1870). Les plus anciens dataient du XIIe siècle, les autres étaient du XIIIe. En dehors de celui que j'avais étudié, œuvre fragmentaire d'un clerc installé en Angleterre au service d'Aliénor d'Aquitaine et dont ne subsistaient que 3144 vers sur 19 000, il existait les 4500 vers laissés par Béroul, poète normand (1165-1170), des imitations en allemand de la version de Thomas par Eilhart d'Oberg et Gottfried de Strasbourg. À cela il fallait ajouter quelques lais de Marie de France comme *La Folie Tristan*, le *Lai du chèvrefeuille* et le *Lai du rossignol*, quelques bribes d'un roman anglais intitulé *Sir Tristrem* et quelques passages du roman italien *La Tavola rotonda*. Si j'en avais le temps, je pouvais lire pour finir la version courtoise en prose du XIIIe et la traduction en français de la version allemande publiée en 1844, *Tristan und Isolde,* qui avait servi à Wagner pour composer son célèbre opéra, sans oublier bien sûr d'aller voir l'adaptation cinématographique de Cocteau, *L'Éternel Retour* (1943).

Bref, j'en vins à la conclusion que tout le monde avait puisé dans cette mine inépuisable, alors pourquoi pas moi?

Je remis ce projet à plus tard et, bien entendu, les adaptations modernes continuèrent de sortir. Il y eut celle de Pierre Champion (Pocket, 1979), celle de Michel Cazenave (Albin Michel, 1985), celle très romancée de Catherine Hermary-Vieille, *Le Rivage des adieux* (Pygmalion/Gérard Watelet, 1990). Ce n'est que tout récemment que l'idée de faire de ce merveilleux récit un roman accessible aux jeunes revint me hanter. Plusieurs de mes étudiants à qui j'avais conseillé la lecture d'une des trop nombreuses versions citées plus haut se plaignaient : « C'est plate ! C'est trop long ! Y a trop de digressions ! J'y comprends rien, c'est du chinois ! » Je trouvais cela désolant. C'est ce qui me motiva à me mettre à l'ouvrage.

Voici le résultat. J'ai voulu simplifier la trame dramatique tout en gardant les éléments les plus pittoresques et les plus frappants. J'ai supprimé des personnages. J'ai modernisé la langue tout en essayant de lui conserver toute sa saveur. J'ai adapté la psychologie aux lecteurs d'aujourd'hui tout en évitant le plus possible les anachronismes et les incongruités. J'ai fait de Tristan un chevalier breton (il était peut-être écossais...) parce que je suis breton moi-même et que je revendique ce roman comme faisant partie de ma culture.

J'ai voulu enfin que les jeunes y retrouvent la description tragique d'une passion amoureuse plus forte que la mort et élevée à la hauteur d'un mythe éternel.

J'espère qu'ils aimeront ce livre qui les arrachera peut-être à la morosité du quotidien et à la petitesse de nos vies égoïstes et bassement matérialistes.

LE MONDE DE
TRISTAN ET ISEUT

PAYS DES
PICTES

GALVOIE

IRLANDE

PAYS DE GALLES

ROYAUME D'ARTHUR

PAYS DE
LOGRES

FRISE

Weisefort

Tintagel

CORNOUAILLE

forêt de Morois

NORMANDIE

ROYAUME DES FRANCS

Loonois

Carhaix

ARMORIQUE
(Petite Bretagne)

ele amie, si est de nos :
Ne vos sanz moi,
ne moi sanz vos !

Marie de France (1159-1184)
(Lai du chèvrefeuille)

1

La jeunesse
de Tristan

’était en des temps très anciens.
À cette époque, le monde était
couvert de forêts si épaisses
que la lumière pouvait à peine
y pénétrer. Dans ces forêts, il y
avait des loups, des sangliers et encore
quelques dragons, sans compter les créatures mystérieuses qui se cachaient sous
terre et au fond des lacs. Les hommes, sales
et vêtus de peaux d’animaux, ressemblaient
eux aussi à des bêtes. Les seuls qui se distinguaient vraiment de ces bandes affamées
et sauvages appartenaient à la race noble et
fière des chevaliers.

Bardés de fer et montés sur leurs magnifiques destriers, ils chevauchaient la lance

levée, l'écu autour du cou et, arrivés sous les murs de leurs châteaux, ils sonnaient du cor pour qu'on leur ouvre. Ils étaient beaux et forts et, lorsqu'ils mettaient le pied à terre, après avoir ôté leur casque, ils levaient les yeux vers les hautes tours où se tenaient leurs femmes, très belles également, avec leurs longues tresses et leurs robes de soie qui flottaient au vent.

Les hommes faisaient la guerre. Les femmes attendaient. Les hommes se battaient à grands coups d'épée ou de hache. Devant la cheminée, les femmes brodaient des tapisseries ou filaient leurs quenouilles en chantant et en pensant au bébé qui grossissait dans leur ventre.

Et puis les hommes revenaient mourir chez eux, le corps criblé de flèches et leur cheval dégoulinant de sang.

Et puis les femmes mouraient à leur tour en maudissant l'enfant qu'elles venaient de mettre au monde.

C'est un peu de cette manière que commence mon histoire.

Une belle histoire d'amour et de mort.

Vous plairait-il que je vous la conte ?

La voici :

Il y a de cela des siècles et des siècles, le roi Mark de Cornouaille[1] vit son pays ravagé par des hordes de guerriers féroces venus d'au-delà des mers, sur des navires aux proues recourbées en forme de têtes de monstre. Ces barbares brûlaient les villages, pillaient les autels des églises et hérissaient les campagnes de pieux ornés de crânes.

Le roi Mark leva donc une grande armée pour débarrasser sa terre de ces envahisseurs à barbe rousse. Hélas, en ces temps tracasseux*, bien peu répondirent à son appel. Parmi ceux-ci se trouvait Rivalen, un humble chevalier breton qui avait aussitôt quitté les côtes désolées de son Loonois et mit voile vers la Cornouaille. Le brave chevalier ne ménagea pas sa peine. Il fallait le voir au milieu de la mêlée piétiner l'ennemi et faire voler les têtes. On aurait dit que la Mort en personne combattait à ses côtés, guidant sa main pour mieux faucher les âmes. Toujours est-il que son épée et sa masse d'armes firent un tel massacre que les hommes du Nord, épouvantés, remontèrent sur leurs navires et prirent la fuite à toutes rames.

---

1. Actuellement le comté de Cornouailles (en anglais Cornwall) au Sud-ouest de l'Angleterre.

Le roi Mark voulut récompenser dignement ce hardi combattant. Il lui donna donc ce qu'il avait de plus précieux : sa sœur, la princesse Blanchefleur. Le mariage eut lieu dans la chapelle du château de Tintagel et toutes les cloches du pays annoncèrent l'heureuse nouvelle.

On dit que jamais on ne vit union plus parfaite. Rivalen aimait tant Blanchefleur qu'il passait des jours et des jours la tête sur les genoux de sa tendre épouse et Blanchefleur aimait tant Rivalen qu'elle passait, elle aussi, des jours et des jours à caresser les cheveux de son époux.

Quelques mois plus tard, les jeunes mariés quittèrent la cour du roi Mark et s'embarquèrent pour la province de Loonois.

Blanchefleur était enceinte.

Le voyage fut long et pénible. Océan déchaîné, chemins transformés en bourbier par la pluie. Lorsqu'ils arrivèrent au manoir de Karnoël, la belle était si épuisée qu'elle s'endormit aussitôt que son mari l'eut déposée sur son lit.

À son éveil, elle chercha son bien-aimé. Il était parti à la chasse.

Toute la journée, elle l'attendit. Au soir, il n'était pas revenu.

Les servantes la rassurèrent.

— Ne vous alarmez pas, madame. Le maître a dû traquer le cerf trop loin. Il a dit qu'il voulait vous ramener une pièce de gibier digne de vous. La nuit l'aura surpris au milieu de la lande de Golven. Il aura demandé au comte Loïc, notre voisin, de l'héberger. Il sera de retour demain. Recouchez-vous !

La main sur son gros ventre, Blanchefleur attendit encore jusqu'aux premières lueurs de l'aube. Quand le soleil se leva, il n'était toujours pas revenu. C'est alors que les douleurs de l'enfantement lui tordirent le bas du corps.

— Courez chercher mon époux ! suppliat-elle.

Elle ne put en dire plus, car la souffrance la faisait hurler à en perdre conscience.

Un peu plus tard, lorsqu'elle reprit ses esprits, elle demanda de nouveau, folle d'inquiétude :

— Mon mari ? Où est mon mari ? Pourquoi tarde-t-il ?

Meschines* et sages-femmes la forcèrent à se rallonger.

— Il arrive, madame. Écoutez, on entend les abois de ses chiens et le cri perçant de son faucon.

Blanchefleur soupira.

Pauvre femme, elle pouvait bien se morfondre! Car ce qu'elle ignorait, la malheureuse, c'est qu'au cours de la chasse son mari avait été grièvement blessé. Un énorme sanglier avait renversé son cheval et, de ses terribles boutoirs acérés comme des poignards, il lui avait déchiré tout le corps. Accompagné par les hurlements de sa meute et aidé par ses veneurs, le brave chevalier, de peine et de misère, était remonté en selle, et avait décidé de rentrer. À cette heure, il s'en revenait tenant ses entrailles dans ses mains et la mort était déjà dans ses yeux.

Blanchefleur, elle, tout en sueur, se roulait sur sa couche. Elle s'écria :

— Pourquoi mon cher époux ne vient-il pas ? Et pourquoi ces sonneries de cloches ?

— Il est de retour, madame. Donnez-lui le temps de se laver et de changer de vêtements, dirent les servantes. Quant aux cloches, elles annoncent la venue de votre enfant.

Mais ce que la belle ne savait point, c'est que son mari était mort en arrivant au château et qu'il gisait sur la table de la grand-salle, les mains jointes sur son épée et mille cierges allumés autour de lui.

Quand enfin l'enfant sortit d'entre ses cuisses et qu'elle sut que c'était un beau et robuste garçon, Blanchefleur, exténuée, murmura :

— Pourquoi mon mari n'est-il point ici avec son fils dans les bras ? Et que veulent dire ces coups de marteau ?

La servante qui lavait le bébé répondit :

— Madame, ce sont les menuisiers qui montent l'estrade du banquet au cours duquel on doit fêter la naissance de votre enfant.

Mais ce que la belle ne savait point, c'est que les menuisiers qu'elle oyait* étaient en train de clouer le cercueil du chevalier. Pourtant, à la fin, Blanchefleur commença à se douter qu'on ne lui disait pas la vérité et, lorsqu'elle entendit chanter en latin, elle rassembla ses dernières forces pour se lever et, chancelante, elle s'approcha de la fenêtre.

Elle vit tout.

Elle vit l'enfant de chœur qui portait la croix, le prêtre, les pleureuses en robes noires, les soldats en larmes et, derrière, le cheval de Rivalen portant accroché à ses flancs l'écu blanc à trois hermines de Loonois et, derrière encore, soutenu par quatre hommes d'armes, le cercueil sur lequel reposaient l'épée et le heaume de Rivalen.

Alors, elle sut tout.

Elle poussa un long cri et s'affaissa sur le sol.

À partir de cet instant, plus un mot ne sortit de sa bouche. Elle ne versa pas une larme et resta étendue, immobile, en souhaitant que la mort vienne la chercher au plus vite.

Elle resta ainsi pendant trois jours, sourde aux pleurs de son enfant affamé à qui elle refusait le sein. Au soir de la troisième journée, quand elle sentit que la mort avait enfin accepté de venir la prendre, elle se tourna vers le prêtre qui priait à son chevet et murmura :

— Allez chercher mon fils.

On lui amena l'enfançon*, emmailloté serré, son petit béguin* sur la tête. Elle le serra contre elle et le berça doucement comme si, au dernier moment, elle eût regretté de devoir l'abandonner pour toujours.

— Tu es si mignon, mon bel ange. Quel dommage ! Mais je suis trop triste pour vivre plus longtemps et te voir me rend plus triste encore. C'est pour cette raison que tu t'appelleras Tristan.

Ensuite, elle l'embrassa et elle mourut.

Le temps passa. Après la mort de Rivalen et de Blanchefleur, sept ans de guerres ininterrompues ravagèrent le Loonois. Le château de Karnoël fut incendié et ses défenseurs furent tous passés au fil de l'épée, à l'exception d'un vieil écuyer du nom de Gorneval, qui parvint à s'enfuir à cheval avec le jeune Tristan en croupe. Ils chevauchèrent longtemps, jusqu'aux monts d'Arrée et, de là, jusqu'à la forêt de Huelgoat où ils trouvèrent refuge dans une cabane abandonnée, construite autour d'un antique dolmen.

Il y restèrent sept autres années et le fidèle Gorneval éleva Tristan comme son propre fils. Il en fit un parfait chevalier. Il lui apprit à monter à cheval et à faire corps avec sa monture comme un véritable centaure. Il lui apprit à jouter en frappant en plein galop un mannequin fixé à un poteau mobile. Il lui apprit à manier l'épée et à se couvrir de l'écu. Il lui apprit à rattraper un cerf à la course et à dresser les faucons. Il lui apprit même à composer des chansons à la manière bretonne, à jouer de la harpe[2] et de la rote* et à imiter le chant des oiseaux. Il lui apprit surtout à détester le mensonge

---

2. Il s'agit de la harpe celtique, instrument plus petit que la harpe moderne.

et à protéger les faibles, comme il convient à un futur chevalier qui craint Dieu et ne dégaine que pour une cause juste.

À quinze ans, Tristan devint donc à la fois un guerrier redoutable et un charmant jouvenceau*. Très grand et de forte membrature* comme son père, les cheveux bouclés, les épaules larges. On aurait dit l'archange saint Michel ayant pris forme humaine.

Pourtant, Gorneval était inquiet. Ce qui le tourmentait, c'était cette tristesse qu'il lisait parfois dans les yeux bleus de Tristan. Cette insondable tristesse qui poussait le fils de la regrettée Blanchefleur à errer sur la lande ou à gagner la côte où il passait des heures, assis sur les rochers, à regarder la mer et à écouter les cris de mort des goélands.

C'est là qu'un jour, se sentant vieux et malade, Gorneval apprit à son jeune protégé le secret de sa naissance, ajoutant, le doigt pointé sur l'horizon :

— Beau fils, quand j'aurai rendu mon gant et mon épée à Dieu, quitte ce pays maudit et va là-bas en Cornouaille. Le roi Mark, ton oncle, est un souverain généreux. Il prendra soin de toi, car il n'a lui-même ni femme ni enfant. Tiens, ceci te revient.

Tristan regarda le petit objet brillant que Gorneval venait de lui glisser dans le creux de la main.

— Ce fermail* a appartenu à ta noble mère, dit l'écuyer. Garde-le précieusement. Il est la preuve de ta lignée royale. Laisse-moi maintenant et que Dieu te garde en santé et en joie.

À peu de temps de là, Gorneval s'éteignit et Tristan, après une brève prière sur la tombe de son vieux maître et un court pèlerinage aux ruines de Karnoël, s'embarqua pour le royaume du roi Mark. Royaume qu'il faillit ne jamais atteindre, car, en vue du cap Lizard, la lourde nef qui le transportait se brisa en deux sur les récifs et nul doute qu'il se serait noyé comme le reste de l'équipage s'il n'avait été un bon nageur. Des heures durant, il lutta dans l'eau glacée qui bouillonnait et se fracassait sur les falaises. Mais, heureusement, une vague plus forte que les autres le poussa jusqu'à une plage sur laquelle il s'échoua, épuisé, le visage dans le sable.

Deux chevaliers, qui galopaient dans les dunes, l'aperçurent. Ils mirent pied à terre et s'approchèrent. L'un d'eux, de la pointe de sa chausse* de fer retourna Tristan qui gémit faiblement. L'autre remarqua que le naufragé avait les mains fines et que, non loin, parmi les épaves rejetées par l'océan, se trouvait une harpe.

— Ce n'est point un simple manant*. Un jeune ménestrel sans doute. Menons-le à notre roi, conclut-il.

Ce disant, ils accrochèrent l'instrument à l'arçon d'une de leurs montures et hissèrent Tristan en travers de la selle de l'autre palefroi*. Puis ils reprirent leur route au petit trot.

Au bout de quelque temps, Tristan reprit connaissance. Il remercia ses sauveteurs et leur demanda :

— Ce sont les terres du roi Mark ?

— Oui. Nous sommes de sa maison. Et toi, étranger, qui es-tu ?

Prudent, Tristan préféra dissimuler sa véritable identité.

— Mon nom est Tantris et je suis fils de marchand.

Le plus vieux des deux chevaliers se gaussa* :

— Si tu es ce que tu dis, moi je suis le roi d'Arabie et mon compagnon que voici, le pape de Rome en personne.

Un craquement dans les buissons interrompit le rire et les plaisanteries des deux hommes et, tout à coup, un magnifique cerf de dix cors au moins traversa le chemin d'un seul bond. Le plus jeune des chevaliers saisit vivement son arc et visa l'animal. La flèche rata sa cible et alla se ficher dans un arbre.

— Manqué! pesta l'archer.

Avisant un autre arc et un carquois suspendu au cheval près de lui, Tristan s'empara de l'arme et la banda avec force. Le trait s'enfonça droit dans le garrot de la bête qui plia les genoux et bascula sur le côté.

— Joli coup! s'écrièrent les deux chevaliers qui, couteaux de chasse au poing, entreprirent aussitôt de dépecer l'animal.

Intrigué, Tristan les regarda faire et, à la vue de la boucherie qu'ils étaient en train de commettre, il ne put s'empêcher d'intervenir une seconde fois:

— Ce n'est pas ainsi qu'on apprête le gibier noble dans mon pays!

Les deux chevaliers, barbouillés de sang, lui tendirent un coutelas et lui proposèrent avec un brin de moquerie dans la voix:

— Eh bien, l'ami, montre-nous.

Tristan prit le couteau et, à gestes précis, il vida le cerf, l'écorcha, le débita en quartiers, préleva avec soin les morceaux de choix, c'est-à-dire le mufle, la langue et les organes mâles et, pour finir, il en détacha les bois magnifiques.

Les deux chevaliers s'exclamèrent ensemble :

— Décidément, tu en sais des choses pour un simple fils de boutiquier !

La petite troupe continua son chemin et Tristan, qui était monté en croupe du chevalier de tête, ne tarda pas à remarquer que, de plus en plus souvent, les chevaux se mettaient à piaffer d'impatience et à hennir comme s'ils sentaient une odeur familière.

Arrivé au sommet d'une colline couverte d'ajoncs, le chevalier auquel était agrippé Tristan se dressa tout à coup sur ses étriers et lança joyeusement :

— TINTAGEL !

À son tour, Tristan se haussa de son mieux et put admirer, lui aussi, la ville du roi Mark qui se profilait au loin avec son port animé et, dressé sur un promontoire, son imposant château à triple enceinte avec son fier donjon carré au sommet duquel flottait l'oriflamme* aux lions d'or de la Cornouaille.

Le second chevalier prit alors son olifant* et souffla dedans à pleins poumons. Des remparts de la forteresse parvint un mugissement presque identique.

Quand ils arrivèrent sous les murs de granit du château, le pont-levis était déjà abaissé.

Et c'est ainsi que le fils de Rivalen et de Blanchefleur entra dans la demeure de son oncle, le roi Mark.

Le soir même, Tristan fut reçu par le roi. Toute la cour était rassemblée dans la salle du trône ornée de riches tapisseries, de trophées de chasse, d'écus et de lances éclairés par une centaine de torches. Tristan, ébloui par tant de luxe et un peu honteux d'être accoutré comme un rustre, n'osait pas bouger. Le roi Mark, qui buvait en compagnie de quelques hauts seigneurs, posa sa coupe d'or et lui fit signe d'approcher.

Tristan salua le souverain en croisant ses deux bras sur sa poitrine et en s'inclinant légèrement comme le lui avait appris Gorneval.

— Ainsi, dit le roi Mark, c'est toi le fils de marchand qui sait jouer de la harpe, tire mieux que mon connétable* et en remonterait à mon grand veneur* pour ce qui est de la manière d'apprêter une carcasse de cerf. Dis-moi, d'où viens-tu? De France? Tu n'es pas irlandais, j'espère?

— Je suis breton, sire, et je suis né en Loonois, de l'autre côté de la mer.

À ces mots, le roi quitta sur-le-champ son air soupçonneux et un sourire un peu amer se dessina dans sa barbe grisonnante. Il agita la main, comme pour chasser un mauvais souvenir.

— Le Loonois… Quelqu'un qui m'est très cher est parti un jour pour ce pays du bout du monde et sais-tu, mon enfant, que lorsque je te regarde, je trouve que tu lui ressembles.

Un court instant, Tristan fut tenté d'avouer à son oncle que cette ressemblance n'était pas le fruit du hasard. Mais il se ravisa en se souvenant des conseils du sage Gorneval : « L'homme intelligent donne toujours du temps au temps ! »

Le roi Mark, voyant que Tristan gardait le silence, changea de sujet de conversation.

— On me dit que tu es bon musicien, c'est vrai ?

Tristan acquiesça.

— Alors, joue pour moi !

Le roi fit signe à un de ses gardes, qui revint avec la harpe trouvée sur la plage. Tristan prit l'instrument. Il l'accorda sans se presser, puis, assis au pied du roi, il commença à caresser les cordes du bout des doigts. Aussitôt, comme par enchantement, un grand silence se fit et, lorsqu'il se mit à chanter, des larmes montèrent aux yeux de presque tous ceux qui étaient présents. Il chanta des lais* très anciens où il était question de reines mortes de chagrin et de chevaliers tués au combat, dont les âmes partaient au soleil couchant vers des îles bienheureuses où l'on festoyait sans fin sous des arbres éternellement en fleurs. La musique était si belle et la voix si douce que le roi Mark, bouleversé, se leva de son trône et serra Tristan sur sa poitrine en s'exclamant :

— Béni soit celui qui t'a appris à jouer ainsi ! Béni soit Dieu qui t'a donné un tel don ! Ta musique rouvre en moi de vieilles plaies et, en même temps, elle me caresse l'âme. Bel inconnu, à partir du jour d'hui, je veux que tu restes auprès de moi et que tu me serves.

Et c'est ainsi que Tristan devint pour le roi Mark comme un vrai fils. Et c'est ainsi que, jour après jour, il ne quitta plus le roi, chantant pour lui, mais aussi jouant aux échecs avec lui, l'accompagnant à la chasse, le faucon au poing, et même couchant dans sa chambre au pied de son lit.

Cela évidemment ne fit pas que des heureux et plusieurs seigneurs jaloux commencèrent à lui jeter des coups d'œil mauvais.

11

Le Morholt
d'Irlande

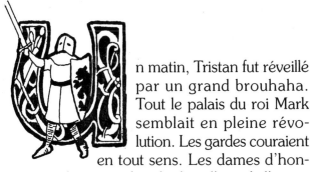n matin, Tristan fut réveillé
par un grand brouhaha.
Tout le palais du roi Mark
semblait en pleine révo-
lution. Les gardes couraient
en tout sens. Les dames d'hon-
neur pleuraient dans les bras l'une de l'autre.
Il attrapa par la manche un jeune page qui
s'enfuyait.

— Que se passe-t-il?

— C'est le Morholt. Il entre dans le port.

Tristan se pencha aux créneaux de la
plus haute tour et découvrit effectivement
qu'une flotte imposante avait jeté l'ancre
devant Tintagel. Le plus gros des navires
portait à son mât l'étendard vert d'Irlande.

Il alla donc s'informer auprès du roi de la signification de ce grand déploiement de forces. S'agissait-il d'une simple ambassade ? Une guerre se préparait-elle ? Il trouva le roi Mark, effondré sur son trône. Il lui demanda les causes de toute cette agitation et pourquoi il avait l'air si affligé.

Le roi soupira :

— C'est à cause du Morholt et du tribut d'Irlande.

Comme Tristan ne semblait pas comprendre, il lui expliqua qu'à la suite d'une guerre désastreuse, au cours de laquelle avait péri la fine fleur des chevaliers de Cornouaille, le pays devait verser chaque printemps une lourde rançon au roi d'Irlande. Cela durait depuis quatre ans. La première année le tribut exigé avait été de trois cents livres de cuivre ; l'année suivante, de trois cents livres d'argent ; la troisième, de trois cents livres d'or et, maintenant, l'envoyé de l'Irlandais exigeait rien de moins que trois cents jeunes garçons de quinze ans et autant de pucelles destinés à servir comme esclaves.

Tristan s'indigna :

— Mais sire, pourquoi accepter pareille humiliation ? Il faut incendier cette flotte, chasser ces larrons* des mers et retourner ce messager pieds nus et en chemise.

Le roi Mark hocha la tête et mit ses mains sur les épaules du jeune homme.

— J'admire ton courage, mon enfant, seulement tu n'as pas encore vu cet Irlandais de malheur, le terrible Morholt. Il est de taille géantine*. Tiens, d'ailleurs, tu vas tout comprendre, car le voici!

On vit alors les portes du palais s'ouvrir avec fracas et entrer un géant si incroyablement grand que sa tignasse rouge feu touchait les poutres du plafond. Ce Goliath hirsute, vêtu de peaux de loup, avait la poitrine recouverte d'une cuirasse à écailles de bronze et l'épée qui pendait à ses côtés avait à elle seule la taille d'un homme.

Il croisa les bras dans une attitude de provocation et tonna:

— Roi Mark, au nom de mon beau-frère, le roi Gormond, je viens chercher ce qui nous est dû. Tu connais nos conditions. Toutefois, si quelque brave parmi tes gens ose m'affronter en combat singulier pour effacer ta dette, qu'il s'avance. Alors, qui veut se battre pour libérer cette terre?

Le géant jeta un regard méprisant autour de lui. Les barons de Cornouaille baissèrent la tête, honteux.

Le Morholt éclata de rire et réitéra son offre en ôtant son gant et en le tendant à la ronde.

— Allons, cessez de trembler comme de petits oiseaux enfermés dans la cage d'un gerfaut*! Quoi, pas un seul homme pour tirer l'épée contre moi?

Tristan, qui jusque-là s'était contenté d'observer la scène en silence, dévisagea un à un tous les chevaliers et les nobles seigneurs qui entouraient le roi. Nul ne broncha.

Alors, le géant jeta son gant à terre et reprit la parole une troisième fois, crachant avec dédain:

— Puisqu'il en est ainsi, bande de couards, demain dès l'aube, je veux voir vos trois cents gamins et vos trois cents fillettes enchaînés et prêts à être embarqués. Les garçons seront adoptés et vos filles seront livrées au bon plaisir des seigneurs irlandais.

À ces mots, Tristan, incapable de retenir plus longtemps sa rage, bondit et ramassa le gant du Morholt.

— Moi, je te défie. Tu ne me fais pas peur, l'Irlandais!

Un murmure de surprise parcourut l'assistance.

Le géant hésita un instant et fit mine de tourner les talons.

— Voilà donc le seul preux de ce pays, un manant, un simple ménestrel. Honte à vous, nobles seigneurs!

Mais Tristan, bouillant de colère, reprit plus haut et plus fort.

— Ne m'insulte pas davantage, je suis d'aussi noble sang que toi. Mon vrai nom est Tristan de Loonois. Je suis le fils de Rivalen et de la princesse Blanchefleur ! En voici la preuve !

Et Tristan tendit au roi le fermail de sa mère que Gorneval lui avait remis juste avant de mourir.

À ces mots, le roi se leva d'un bond de son trône et prit le joyau qu'il examina longuement. Puis il s'écria, tout ému :

— Le fils de Blanchefleur ! Oui, oui, je reconnais ce bijou. Tu es bien mon neveu.

Mais le Morholt coupa court aux effusions de tendresse. Il grogna, agacé :

— Tu es trop jeunet*. Je ne me bats pas avec les enfants. Tu n'es même pas chevalier ! Te vaincre ne m'apporterait ni gloire ni renom.

Tristan se raidit de nouveau sous l'affront et rétorqua :

— J'ai quinze ans. Je suis en âge de porter les armes et il ne tient qu'au roi qu'il m'arme chevalier et fasse de moi son champion.

Désespéré, le roi Mark se tourna vers ses gens en montrant Tristan.

— Messeigneurs, il n'y a donc parmi vous nul cœur vaillant pour sauver l'honneur de Cornouaille. Allez-vous le laisser mourir ?

Personne ne répondit.

Alors, le roi Mark soupira.

— Eh bien, qu'il en soit ainsi. Tristan, demain je t'adouberai* chevalier.

Ainsi, le soir même, Tristan se prépara à recevoir les éperons d'or. Les servantes le baignèrent et l'oignirent* d'huiles parfumées. Il se recueillit une partie de la nuit dans la chapelle du château et passa l'autre, étendu nu sur sa couche, les bras en croix. Ensuite, au matin, vêtu de rouge[1], il génuflexa* devant le roi Mark qui le frappa trois fois du plat de son épée et lui donna l'accolade devant toute la cour. Il se releva ensuite et, les mains levées comme s'il priait, il attendit qu'on lui fixât ses éperons et qu'on lui ceignît le brant* offert par son oncle, une arme magnifique forgée par un forgeron célèbre et qui avait appartenu à un ancien roi de Cornouaille. La cérémonie accomplie, Tristan ne perdit pas un instant. Il enfourcha le splendide destrier blanc également offert par le roi et gagna à bride abattue l'endroit convenu pour le combat.

---

1. Symbole du sang qu'il est prêt à verser pour le bon droit.

Celui-ci devait avoir lieu sur un îlot rocheux, au large de la côte. Tristan fit donc monter son cheval à bord d'une barque et hissa la voile, sans se soucier des hourras et des cris sauvages provenant des navires irlandais qui, de leur côté, saluaient le départ de leur chef, le terrible Morholt.

La traversée ne prit pas plus d'une demi-heure. Arrivé non loin de l'île, Tristan poussa son cheval à l'eau et le força à nager jusqu'à la grève. Il sauta lui même à la mer, sans se soucier de l'esquif qui l'avait transporté et qu'il laissa aller à la dérive.

Le Morholt, qui venait lui aussi d'accoster et avait pris soin de tirer son bateau sur la plage, s'étonna de ce geste.

— Tu es fou, rattrape ta barque ! Sinon comment feras-tu pour retourner sur la terre ferme ?

Tout en bouclant le ceinturon de son épée, Tristan haussa les épaules.

— Comme de toute manière l'un de nous doit mourir dans l'heure qui suit, une seule barque suffit.

Le géant approuva en silence, pris soudain de respect pour un adversaire affichant un tel sang-froid et une telle détermination.

Tristan, quant à lui, toujours aussi posément, dégaina son épée, la planta en terre et se recueillit à genoux un court moment.

Sa prière terminée, il se releva, épousseta son surcot* et récupéra son épée dont il baisa le pommeau.

— Je suis prêt. Allons-y. Finissons-en !

Le géant qui, faute de cheval à sa taille, combattait à pied, recula à l'extrémité de l'île, brandissant une énorme masse d'armes. De son côté, Tristan se mit en place, puis, lance baissée, il éperonna son cheval.

Le choc fut terrible. La lance de Tristan frappa le Morholt en pleine poitrine, sans même réussir à faire bouger le colosse. Ce fut la hampe de l'arme qui vola en mille éclats. Tristan fit demi-tour et talonna de nouveau sa monture qui, en secouant sa crinière, chargea au triple galop. Cette fois, le chevalier ne put éviter la terrible massue du géant qui, en s'abattant, brisa les reins de son cheval, lui arracha son écu, lui enfonça le casque et lui déchira une partie du haubert. Aveuglé par le sang qui ruisselait sur son visage, Tristan chancela tout en faisant des efforts désespérés pour se dégager de sous son cheval abattu. Dès qu'il réussit à se libérer, il saisit son épée à deux mains et se mit à cogner sur le géant avec une telle violence que bientôt ce dernier pissa le sang par vingt blessures.

Ébranlé, le Morholt tenta bien de lever sa masse une nouvelle fois, mais il rata sa cible et l'engin de mort se brisa sur un rocher. Avec un rugissement de colère, il empoigna à son tour son épée.

Le combat devint plus âpre et plus confus. Il se transforma en un formidable corps à corps ponctué par les hurlements furieux et les ahans des deux duellistes. L'un avait la force brute ; l'autre, la fougue et l'agilité de la jeunesse. La lutte s'éternisait.

Blessé à la hanche, sa cotte de mailles rougie de sang, Tristan sentait malgré tout l'épuisement le gagner. Son épée lui semblait de plus en plus lourde à lever. Un voile noir lui obscurcissait la vue. Nul doute que, si le combat se prolongeait encore bien longtemps, il allait succomber.

Alors, rassemblant toute son énergie, il férit* de son épée avec tant de rudesse sur le heaume du Morholt que celle-ci s'ébrécha. Mais la lame était bien trempée. Elle ne cassa donc point et s'enfonça si avant qu'elle ouvrit le crâne de l'Irlandais jusqu'au nez.

Sous le choc, le géant resta debout, les yeux exorbités. Puis il fut saisi de tremblements convulsifs et bascula en arrière.

Mort.

Pendant tout ce temps, sur la rive et les remparts de Tintagel, on avait suivi de loin les péripéties de l'affrontement. On ne voyait pas grand-chose, mais on entendait tout : les hurlements des combattants et le heurt de leurs armes qui parfois illuminaient le ciel de brefs éclairs.

Sur leurs longues nefs, les Irlandais riaient et vidaient leurs cornes à boire en chantant d'avance leur victoire. Les Cornouaillais, eux, serrés autour de leur roi, tremblaient et s'attendaient au pire.

Soudain, le vent cessa de propager le moindre bruit en provenance de l'île et, sur les navires comme sur la rive, un grand silence se fit. Les yeux de tous se mirent à scruter la mer. Il y avait de la brume et l'attente devint très vite insupportable.

Tout à coup, un cri retentit :

— Une voile ! Une voile à l'horizon.

— C'est celle du Morholt ! lança quelqu'un.

Aussitôt, du côté irlandais, s'éleva une immense clameur de joie à laquelle répondirent les pleurs et les lamentations des gens de Cornouaille.

Le plus triste, évidemment, était le roi Mark qui, en signe de deuil, avait remonté un pan de son manteau sur son visage afin de cacher ses larmes.

La barque du vainqueur finit par sortir du brouillard ouaté. Une silhouette se tenait à la proue, cheveux au vent. Elle brandissait deux épées sanglantes en geste de victoire.

Un murmure d'étonnement parcourut les deux camps.

— C'est le bateau de l'Irlandais, souffla une voix, mais ce n'est pas l'Irlandais.

— C'est Tristan, reprit une voix triomphante qui se perdit dans un tonnerre d'acclamations.

— Tristan! Tristan! Tristan!

La joie était telle que des jeunes gens se jetèrent à l'eau et nagèrent à la rencontre du héros qui, dès qu'il débarqua, fut entouré par une foule de pucelles et de mères qui se disputaient pour le toucher et se jetaient à terre devant lui pour lui baiser les pieds.

À son tour, le roi Mark vint donner l'accolade à son neveu et ordonna immédiatement qu'on fît venir une délégation d'Irlandais à laquelle on remit le cadavre sanglant du Morholt. Quatre d'entre eux allèrent chercher la dépouille de leur chef que Tristan avait ramenée au fond de sa barque. Ils la cousirent dans une peau de cerf et, sans un mot, l'emportèrent sur leurs épaules. Quand le cortège funèbre passa devant lui, Tristan s'adressa aux porteurs :

— Vous direz à votre roi que désormais ce pays a payé sa dette. Vous n'aurez pas nos filles, ni nos garçons, ni la moindre once de métal précieux. Le dernier morceau, dont nous vous faisons volontiers cadeau, est enfoncé dans la tête de cet homme. C'est un éclat de mon épée.

Humiliés, les Irlandais inclinèrent la tête et, sous les huées, ils rejoignirent leurs navires, pavillons en berne. Une heure plus tard, leur flotte avait disparu.

C'est seulement à ce moment-là qu'on s'aperçut que Tristan n'était pas sorti indemne du combat et qu'il était très sérieusement navré*. Le chevalier qui, jusqu'à présent, n'avait pas quitté sa pose altière, porta soudain la main à son front. Le roi Mark, voyant que son neveu allait s'évanouir, le soutint et vit qu'il saignait abondamment. Il fit porter Tristan dans sa chambre et pressa les servantes de le dévêtir. Sous son haubert démaillé et sa chemise de lin, il avait au flanc droit une large blessure par laquelle la vie s'échappait à gros bouillons.

Dans les jours qui suivirent, l'état de santé de Tristan ne s'améliora guère. Les mires* les plus savants du royaume, après l'avoir examiné, en vinrent à penser que la masse d'armes et la pointe de l'épée du Morholt avaient sans doute été enduites de poison. Ils discutèrent en latin, se chicanèrent, saignèrent le malade, pour finalement remettre son sort entre les mains du Tout-Puissant. Toujours est-il qu'au bout d'une semaine la plaie commença à s'infecter et à suppurer. Elle noircit et dégagea bientôt une abominable odeur de charogne qui rebuta jusqu'aux domestiques chargés de veiller le chevalier.

Tristan avait parfaitement conscience qu'il pourrissait vivant et qu'il n'allait pas tarder à remettre son âme à Dieu. Il fit donc mander le roi Mark pour lui demander une ultime faveur.

— Mon oncle, je vais mourir. Plaise* à vous, je ne veux pas finir mes jours entre ces quatre tristes murs, au milieu des pleurs et dans cette puanteur. Faites-moi porter au bord de la mer et mettez-moi dans un batel*. Placez à mes côtés ma harpe, entassez autour de moi des fagots et mettez-y le feu avant de m'abandonner au gré des flots. Ainsi irai-je rejoindre plus rapidement ma mère et mon père au bienheureux Royaume des morts.

À regrets, le roi acquiesça. Mais quand le moment fut venu, il ne se résolut pas à incendier l'embarcation et se contenta de la faire pousser en haute mer où les courants l'emportèrent.

Pendant sept jours et sept nuits, le fragile esquif, sans voiles ni rames, erra sur l'océan.

Au huitième jour, Tristan qui, depuis le début de sa navigation, était plongé dans un profond coma, reprit peu à peu ses esprits.

La mer était calme et berçante. Des oiseaux blancs tournoyaient au-dessus de lui. Il ne souffrait pas. Il ne savait plus s'il rêvait ou s'il était déjà mort. Alors, il entonna une chanson triste en s'accompagnant de sa harpe. Une sorte de chant funèbre si beau que Dieu et ses anges durent l'entendre et firent tomber une pluie rafaîchissante. C'est du moins ce que crurent les pêcheurs qui avaient jeté leurs filets non loin de là. Ces humbles travailleurs de la mer furent donc bien étonnés quand ils s'aperçurent que cette musique ne venait pas des régions célestes mais d'un être humain, un naufragé à demi mourant.

Persuadés que cette rencontre était due à quelque prodige, les braves pêcheurs recueillirent Tristan. Une terre fut bientôt en vue. Tristan demanda faiblement :

— Quelle est cette contrée ?

Un matelot, occupé à réduire la grand-voile, lui répondit dans sa parladure* :

— Messire, ces vertes collines sont celles d'Irlande.

À ces mots, Tristan tenta de se relever et ne put réprimer un frisson. Il retomba, découragé, sur les cordages qui lui tenaient lieu de grabat..

— Est-il mort ? s'enquit un des hommes d'équipage.

— Non, je ne crois pas, le rassura celui qui tenait le gouvernail. Il est juste tombé en pâmoison*.

Une semaine s'écoula. Le mal de Tristan s'aggrava encore davantage. Transporté dans la cabane d'un des pêcheurs qui l'avaient sauvé, il agonisait. Le poison avait sournoisement continué son œuvre de mort et tout le corps du malheureux avait enflé au point de le rendre méconnaissable.

Dans le hameau, la nouvelle s'était vite répandue et, régulièrement, des femmes entraient voir le malade qui dépérissait chaque jour un peu plus. Plusieurs se voilaient la face avec horreur et se signaient en le voyant. De quel mal incurable pouvait bien être atteint ce mystérieux étranger ? Une commère avait déjà laissé entendre qu'il pourrait s'agir de la peste et nombreux étaient ceux qui voulaient se débarrasser au plus tôt de cet hôte encombrant.

Heureusement, ces derniers n'eurent pas à mettre leur funeste projet à exécution car, un matin, une brillante cavalcade de seigneurs fit son entrée dans le village, précédée d'une dizaine de veneurs et d'une meute bruyante de brachets* et de lévriers .

C'était le roi Gormond et sa suite qui chassaient le daim dans la forêt voisine.

Le roi mit pied à terre et réclama à boire. Un des manants, qui s'étaient attroupés sur la place du village, lui apporta un gobelet d'hydromel* et, pendant qu'il se désaltérait à longs traits, un autre des vilains* de l'endroit lui apprit la présence de Tristan, lui contant par la même occasion les étranges circonstances de sa découverte au milieu de l'océan.

Intrigué, le roi se fit conduire auprès de cet étranger «tombé du ciel». À la vue de la cotte brodée dont était revêtu Tristan et du fermail précieux qui retenait son mantel*, il sut d'emblée qu'il avait affaire à un homme de noble lignée. Les lois de l'hospitalité exigeaient qu'il portât secours à cet inconnu. Il ordonna aussitôt qu'on transporte le blessé en son palais de Weisefort et qu'on le confie aux bons soins de sa nièce, Iseut la blonde.

À seize ans, Iseut était la plus belle femme de la terre. Des cheveux blonds, pareils à des rayons de soleil, qui lui descendaient jusqu'aux hanches, des yeux bleus limpides comme un ciel d'été et deux petits seins comme des pommes de l'arbre du paradis. On la disait magicienne comme sa défunte mère, de qui elle avait appris le secret des herbes qui guérissent et de celles qui font perdre la raison. Elle seule pouvait sauver Tristan ou le perdre. Car on redoutait aussi son caractère indomptable, hérité de son père, le Morholt, qu'elle s'apprêtait justement à enterrer et qu'elle avait juré de venger en retrouvant par tous les moyens son meurtrier, un jeune chevalier de la cour du roi Mark.

Sans le savoir, Tristan était donc en grand danger. Danger qui ne tarda pas à se manifester dès sa première rencontre avec la belle Iseut. En effet, quand on apporta Tristan à la princesse, celle-ci était en prière devant le cadavre de son père qu'elle avait elle-même lavé et embaumé.

Or, lorsque la civière sur laquelle était couché Tristan passa devant la chambre où reposait le Morholt, il se produisit un événement qui ne manqua pas de troubler tous les témoins de la scène : les blessures du géant mort se remirent à saigner en abondance.

— C'est un signe, avertit Iseut en se levant brusquement, cela veut dire que l'assassin de mon père est ici.

Bien entendu, tous les barons présents protestèrent de leur innocence et, vu son triste état, nul ne songea à accuser «l'étranger venu de la mer».

Iseut se contenta d'éponger le sang qui coulait sur le visage de son père.

Et c'est alors qu'en nettoyant la grande entaille qui séparait presque en deux le crâne du Morholt, elle remarqua un petit bout de métal fiché au milieu des os broyés. Elle alla chercher des tenailles et entreprit de l'extraire. C'était un éclat d'épée. Elle tint un moment cette macabre relique entre ses doigts. Puis elle la plaça dans un petit coffret d'ivoire où elle rangeait ses bijoux les plus précieux.

Une fois son père enterré, Iseut vint examiner le blessé qu'on lui avait confié et le lendemain, dès l'aube, elle alla dans la forêt cueillir les plantes dont elle avait besoin. À l'aide de ces dernières, elle confectionna un onguent dont elle enduisit le corps nu de Tristan.

Ensuite, nuit et jour, elle veilla à côté du lit, comme si l'inguérissable chagrin qu'elle éprouvait depuis la mort de son père avait redoublé son désir d'arracher l'homme qu'elle soignait des griffes de la mort.

Au bout d'un mois, ses remèdes, philtres, tisanes et thériaques* commencèrent à agir. Comme des fruits trop mûrs, un à un les bubons répugnants qui déformaient le corps de Tristan éclatèrent, et Iseut, pour hâter encore la guérison, perça ceux qui restaient de la pointe d'un poignard. Un jus noirâtre et nauséabond en sortit. Dès lors, Tristan se mit à récupérer étonnamment vite, au point où Iseut elle-même s'émerveilla d'une telle métamorphose. Sous ses yeux, le moribond pourrissant devenait en effet un jeune homme aux formes parfaites dont elle ne se lassait pas d'admirer les courbes et les muscles à la lueur tremblotante des chandelles.

Lorsque Tristan retrouva l'usage de la parole, le roi d'Irlande vint lui rendre visite et lui demanda qui il était.

Tristan mentit avec aplomb.

— Mon nom est Tantris. Je viens du pays de Logres et je suis un des hommes féaux* du roi Arthur. J'accompagnais une grande dame à la cour d'Espagne quand notre navire a été attaqué. Tous périrent, sauf moi.

Le roi ne voulut pas en savoir davantage et lui offrit de demeurer en son palais le temps qu'il lui plairait.

Tristan était bien conscient qu'il devait quitter la place sans tarder. Pourtant, il n'en fit rien.

Au contraire, dans les jours qui suivirent, on le vit partout en compagnie de la belle Iseut à rire, à jouer de la harpe, à galoper sur la lande et à parler tard dans la nuit devant la haute cheminée du château de Weisefort.

Un soir même, sans qu'ils y prennent garde ni l'un ni l'autre, la main d'Iseut se retrouva dans celle de Tristan et, n'eût été l'entrée soudaine du roi Gormond, leurs lèvres se seraient jointes et peut-être auraient-ils poussé encore plus loin.

Tristan jugea alors qu'il était temps de disparaître et que la tromperie avait assez duré. Il y allait de sa vie. Il y allait de son honneur.

Le lendemain matin, il avait quitté le palais et voguait vers la Cornouaille.

III

Le dragon

uand le roi Mark apprit le retour miraculeux de Tristan, il devint comme fou de joie et, du coup, il ne voulut plus que son neveu le quittât un seul instant, le traitant désormais comme son propre fils et laissant entendre à tous qu'il avait l'intention d'en faire son héritier.

Comme de raison, cet attachement ne tarda guère à susciter quelques rumeurs malveillantes. La source principale de ces basses insinuations venait d'un homme de haut lignage, le comte Kariado, un lointain cousin du roi, qui possédait d'immenses terres et aspirait à coiffer un jour la couronne de Cornouaille. Quand il eut achevé sa cabale*, toute la cour se posa les mêmes questions et imagina les mêmes réponses. Par quel tour de magie un enfant au nombril à peine sec, tout juste sorti de la chambre des dames[1]*, avait-il pu vaincre un géant aussi aguerri que le Morholt? Comment avait-il pu survivre à ses blessures? Qui avait guidé sa barque? Se pouvait-il qu'il ait voyagé jusqu'au Royaume des morts et en soit revenu? N'y avait-il pas, de toute manière, quelque diablerie là-dedans?

Plusieurs des partisans du comte, séné-chaux*, connétables, bouteillers*, chambel-lans*, chanceliers* et chapelains*, tous gens de cour et d'intrigues, en vinrent alors à penser que la meilleure manière d'écarter Tristan du trône était encore de pousser le roi à se marier. Pour peu que le neveu du roi s'opposât à ce projet, il serait aisé de l'accuser de n'être qu'un ambitieux et un félon*. Ensuite, une fois Tristan exilé, il serait facile à la mort du roi d'éliminer sa veuve et d'étouffer sous un oreiller les enfants que son vieux mari pourrait lui avoir faits.

---

1. Avant d'être admis dans le monde des hommes, les jeunes garçons vivaient avec les femmes dans la pièce du château qui leur était réservée.

Le plan du comte était simple, mais encore fallait-il convaincre Mark de se marier. Or, dès que l'on abordait cette idée d'épousailles devant lui, le roi se dérobait en trouvant mille excuses qui ne faisaient que confirmer les soupçons des ennemis de Tristan.

— Me marier! protestait Mark, cela ne me chaut* guère. Voyons, je suis bien trop vieux. Regardez, j'ai déjà la tête chenue*. D'ailleurs, où trouverais-je une femme qui veuille de moi et qui soit digne de ce royaume?

Pourtant, les prétendantes ne manquaient pas. Mais quand on lui disait que la grosse fille du roi de Northumberland attendait justement qu'une tête couronnée veuille bien lui passer la bague au doigt ou que la nièce d'Arthur n'était pas laide, ou encore que la benjamine du roi des Francs était un beau brin de fille robuste et saine malgré son œil qui louchait, il ne répondait ni mot ni miette* et il avait toujours le même geste évasif pour dire: «J'y penserai une autre fois!»

À la parfin*, cependant, les pressions se firent si fortes qu'il finît par demander un dernier délai de réflexion de quarante jours, pendant lequel il interdit qu'on l'importunât avec cette question.

Bien entendu, loin de calmer la grogne, cette attitude redoubla la hargne et la détestation* de Kariado, qui continua à répandre de plus belle maintes vilénies* sur le compte du neveu du roi.

Tristan, quant à lui, loin de se douter de ce qui se tramait dans son dos, trouvait au contraire que l'idée de ce mariage était excellente. Il en fit d'ailleurs part à son oncle, à la fin d'un festin où le vin coulait à flots.

— Mon oncle, je bois à votre future épouse!

Le roi Mark fit une moue de déception; cependant, il accepta de lever sa coupe. Tous les vassaux* l'imitèrent et restèrent le bras levé, s'attendant à ce que le souverain annonçât sa décision et peut-être désignât, par la même occasion, le nom de l'heureuse élue.

Déception. Le roi demeurait silencieux, les yeux dans le vague.

C'est alors que deux hirondelles, qui se disputaient un bout de fil, entrèrent par la croisée* ouverte. Les malheureux oiseaux, emprisonnés dans la salle, voletèrent d'un bout à l'autre de la pièce en poussant de petits cris effrayés. Ils se cognèrent aux colonnes, se posèrent sur les poutres, frappèrent aux vitraux des autres fenêtres closes et, finalement, réussirent à s'échapper, l'un d'eux laissant tomber en passant au-dessus du roi ce qu'il tenait dans son bec : un long fil d'or.

Le roi s'en saisit et s'aperçut que ce fil était en fait un cheveu blond. Un long cheveu de femme. Il en admira l'extraordinaire finesse et l'éclat merveilleux. Puis il le montra à la ronde.

— Trouvez-moi la jouvencelle* à qui il appartient et je l'épouserai !

Pour ceux qui conspiraient contre Tristan, ce n'était là qu'une autre manœuvre dilatoire du roi pour rendre plus qu'improbable un prochain mariage. Quel ne fut donc pas l'étonnement du comte Kariado et des autres lorsque le neveu de Mark, après avoir vidé sa coupe, s'écria joyeusement :

— Beau doux sire, dussé-je parcourir la terre entière, je vous ramènerai la Belle aux cheveux d'or. Donnez-moi ce cheveu !

Le roi Mark, tout aussi surpris, le lui tendit.

Tristan le fit jouer dans la lumière. Il en respira le parfum et devint tout pâle.

Ce cheveu, il n'avait pas à chercher à qui il appartenait. Il le savait. C'était un cheveu d'Iseut la blonde, la nièce du roi Gormond d'Irlande, la fille du Morholt.

Comme il l'avait promis, Tristan fit donc ses préparatifs pour se lancer dans la quête de la Belle aux cheveux d'or. Il savait que l'entreprise était périlleuse. Il ne se souvenait que trop bien de la belle Iseut. Il se souvenait de son charme envoûtant, mais il n'oubliait pas non plus son tempérament passionné et ses redoutables pouvoirs. Si elle venait à découvrir qui il était vraiment et l'odieuse imposture dont elle avait été victime en le soignant, il était perdu.

Par précaution, il décida donc de s'embarquer pour l'Irlande, déguisé en simple marchand, portant bâton et manteau de laine grossière, le visage dissimulé sous un large capuchon. Il demanda en outre à son oncle que les cales du bateau qui devait le transporter fussent remplies de marchandises précieuses : draps de lin brodés, brocarts*, soies d'Orient, peaux de vair*, de martre et de zibeline de Russie, épices, pierres précieuses, colliers et peignes d'ivoire, chiens de race, chevaux arabes, éperviers de Norvège et faucons de Sardaigne. Et quand tout ceci fut à bord, il prit bien soin de cacher au milieu de toute cette cargaison

son propre cheval, ses armes et son harnois complet de chevalier.

Le plus difficile, une fois la nef en mer, fut de convaincre le pilote de mettre le cap sur l'Irlande, car, depuis la mort du Morholt, tous les nautoniers* savaient qu'il valait mieux éviter les côtes inhospitalières de cette contrée. Ne disait on pas que les Irlandais, assoiffés de vengeance, se lavaient dans le sang de leurs ennemis et les clouaient aux mâts des nefs qu'ils capturaient ?

En puisant généreusement dans sa bourse pleine de pièces d'or, Tristan réussit néanmoins à faire mettre la voile vers la grande île, rêvant moins de combats féroces que de revoir le merveilleux visage de celle qu'il n'avait jamais réussi à oublier : la belle Iseut.

Lorsque sa nef, battant faussement pavillon flamand, jeta l'ancre devant le château de Weisefort, Tristan remarqua immédiatement qu'il se passait quelque chose d'anormal. Il avait souvenance que la ville, blottie au pied de la citadelle, était d'habitude très animée et qu'on y rencontrait des cohues de bergers avec leurs troupeaux de moutons et des pêcheurs débarquant leurs mannes* de poissons ou réparant leurs filets. Or, les rues et les quais de bois semblaient déserts. Où étaient passés les habitants? Pourquoi se cachaient-ils? De quoi avaient-ils peur?

Tristan n'eut pas à s'interroger trop longtemps. À peine eut-il mis en lieu sûr ses armes et les cadeaux somptueux offerts par le roi Mark qu'un cri inhumain déchira l'air. Un cri à glacer le sang. Moitié rugissement de lion, moitié sifflement de serpent, mais le tout amplifié cent fois comme si la terre venait de se fendre et de libérer d'un seul coup tous les démons de l'enfer.

Tristan aperçut alors un bourgeois qui, affolé, s'enfuyait à toutes jambes. Il arrêta l'homme par le bras.

— Holà, maraud! Où cours-tu ainsi et d'où provient cette hurlade*?

Le bourgeois, essoufflé et au comble de la panique, bégaya quelques mots plus ou moins intelligibles tout en essayant d'échapper à la poigne de Tristan:

— C'est la Bête, messire! Elle approche! Lâchez-moi! Je vous en supplie, pour l'amour de Dieu!

Tristan, au contraire, serra l'homme à la gorge et le força à parler.

60

La Bête était un dragon. Le dragon du Val d'Enfer. Un monstre de la pire espèce qui terrorisait tout le pays et venait chaque semaine aux portes de la ville réclamer sa ration de chair humaine. Si on ne lui livrait pas à l'instant deux ou trois vierges à dévorer, il déployait ses immenses ailes membraneuses pour s'envoler et, du haut du ciel, il se mettait à cracher du feu, semant partout la désolation et la ruine. À deux reprises déjà, il avait ainsi incendié la ville. Naguère, le Morholt avait bien réussi une ou deux fois à repousser l'animal dans ses marais, mais, depuis la mort du géant, la Bête s'était enhardie, si bien que le roi d'Irlande avait promis la plus belle pierre de sa couronne et la main de sa nièce Iseut à celui qui débarrasserait l'Irlande de cette calamité.

Tristan lâcha le bourgeois qui détala comme un lièvre.

Un hurlement secoua de nouveau la cité. Plus proche et plus formidable encore que le précédent.

Tristan ne réagit pas. Rien ne semblait pouvoir le distraire de ses pensées. À quoi songeait-il ? Il songeait que ce monstrueux lézard allait peut-être lui fournir le moyen idéal de conquérir la belle Iseut.

Il remonta donc à bord de la nef de Cornouaille qui s'apprêtait à lever l'ancre et en fit sortir son cheval de guerre. Il enfila son haubert à fines mailles d'acier, coiffa son heaume pointu, ceignit son épée et laça les courroies de son écu. Puis, d'un bond, il enfourcha sa monture et sortit à bride abattue de la ville, en direction de la vallée humide d'où provenaient les cris de la bête immonde.

Sur le chemin bourbeux qui traversait les marais, il croisa d'abord trois pucelles pieds nus et en chemise. Elles pleuraient.

— Où allez-vous jeunes filles ? leur demanda Tristan.

— Nous allons nous livrer à la Bête, répondit la plus vieille, le sort en a décidé ainsi.

— Retournez chez vous, leur ordonna Tristan. Aujourd'hui, ce sont mes coups d'épée que devra digérer cette créature du diable.

À ces mots, les trois fillettes lui embrassèrent les mains et firent demi-tour en pleurant toujours. Mais de joie, cette fois.

En s'enfonçant un peu plus dans les marécages qui fermentaient au fond du val, au milieu des vapeurs et des souches pourries, Tristan fit une nouvelle rencontre en la personne d'un chevalier à cheveux roux qui s'enfuyait, désarmé, les bras accrochés au col de sa monture. Tristan lui fit signe de ralentir. Le rouquin ne l'entendit même pas. La peur se lisait dans ses yeux exorbités. Quand il arriva à la hauteur de Tristan, celui-ci, d'un geste brusque, l'attrapa par sa chevelure flamboyante et tira si fort que le fuyard fut couché sur la croupe de son cheval avant de tomber lourdement sur le sol.

Tristan l'apostropha avec rudesse :

— Quel est ton nom et pour quelle raison fuis-tu ainsi comme un lâche ? N'es-tu point chevalier ?

Meurtri, le rouquin se releva et s'excusa tout en s'époussetant :

— Je suis Anguin le Rouge, le nouveau sénéchal du roi d'Irlande et je viens d'affronter la Bête. Hélas, comme vingt autres avant moi, je viens d'échouer. Onques* ne vit jamais monstre pareil !

— Pourtant tu es encore vivant.

— Pourquoi aurais-je dû mourir ? protesta le couard. Nul être humain sorti du ventre d'une femme ne peut vaincre cet animal maudit. Fuyez, vous aussi, pendant qu'il en est encore temps. Sinon je ne donne pas un liard* de vos chances d'en réchapper.

— Passe ton chemin, je n'ai cure de tes conseils ! répondit Tristan en toisant avec mépris le chevalier qui, sans demander son reste, remonta sur son cheval et piqua des deux comme si la Mort elle-même était à ses trousses.

Une fois encore, un rugissement de fin du monde retentit, accompagné d'une odeur pestilentielle qui fit suffoquer Tristan. «La Bête n'est plus loin», pensa-t-il en vérifiant les sangles de sa selle et en sortant lentement son épée du fourreau.

Effectivement, le dragon était tout proche et, lorsque Tristan le vit s'avancer à travers les hautes herbes, il eut malgré lui un mouvement de recul.

La créature avait vraiment une allure terrifiante. Haute d'au moins dix toises*, elle avait le corps recouvert d'écailles, deux ailes gigantesques comme celles des chauves-souris et une longue queue annelée qui ondulait et fouettait avec furie les eaux fangeuses du marais. Sa tête, qui ressemblait à celle d'un serpent cornu, se balançait sans arrêt de droite à gauche et ses deux gros yeux rouges avaient l'éclat et la fixité des prunelles d'un tueur expérimenté. Le monstre avait senti la présence de l'homme. Il humait l'air et dardait à chaque instant sa langue bifide*.

Quand, enfin, il découvrit Tristan, il se lova et se redressa de toute sa hauteur, découvrant la triple rangée de crocs acérés, qui garnissait chacune de ses mâchoires.

D'un serrement de genoux et la bride tenue ferme, Tristan retint son cheval qui, piaffant d'épouvante, refusait d'avancer. Le dragon profita de ce moment d'hésitation pour bondir, toutes griffes sorties. Tristan le frappa d'estoc* en plein poitrail, mais la lame glissa sur l'épaisse peau squameuse* sans même l'entamer. Il le frappa de taille* au flanc, mais, au milieu d'une gerbe d'étincelles, le tranchant d'acier de son arme rebondit sur la cuirasse cornée de l'animal comme s'il eût heurté un roc.

Le dragon, nullement affecté par ces attaques, n'en devint pas moins furieux et, d'un coup de patte, il tua le cheval de Tristan, puis d'un autre, il désarçonna son agresseur qui laissa échapper son épée.

Mains nues, son cheval éventré, Tristan crut sa dernière heure arrivée. La Bête projeta sa tête en arrière et, dans un grand élan de tout le corps, comme un serpent qui va mordre, elle cracha par ses naseaux un double jet de flammes qui enveloppa le chevalier et le noircit du heaume à la pointe des chausses. À demi aveuglé par la fumée, Tristan chercha son épée à tâtons et lorsqu'il la retrouva enfin, il n'attendit pas que le dragon le broie entre ses horribles mâchoires. Dès que la bête ouvrit la gueule, il y plongea son arme jusqu'au cœur.

La crête hérissée, le dragon se dressa une dernière fois, blessé à mort. Il poussa un long cri de rage et d'agonie. Puis il se laissa choir de toute sa masse, énorme corps flasque qu'agitaient encore quelques soubresauts.

Les cheveux roussis par le souffle enflammé du monstre, Tristan resta un long moment hébété avant de s'approcher en titubant de la colossale dépouille qui gisait, la langue sortie entre les dents. Comme il n'avait pas les moyens ni la force de transporter une carcasse d'une taille pareille, il décida de se contenter d'un trophée qui témoignerait de sa victoire. Il choisit la langue du dragon qu'il trancha d'un coup d'épée et qu'il glissa dans ses chausses[2].

Seul au milieu du marais, Tristan trouvait qu'il faisait une chaleur torride. De plus, le sang bouillonnant qui coulait de la gueule du dragon emplissait l'air de miasmes morbides. En sueur, Tristan mourait de soif. Il fit quelques pas vers une mare d'eau croupie toute proche. Il n'eut pas la force de l'atteindre et s'écroula dans les roseaux qui foisonnaient à cet endroit.

---

2. C'était la façon de conserver sur soi les objets précieux à une époque où il n'existait pas encore de poche.

Ce qu'il ignorait, c'était que la langue du dragon contenait un venin mortel. Dès que cet organe était entré en contact avec la peau de sa cuisse, les poisons avaient commencé à s'infiltrer en lui pour faire leur funeste travail. Faute de secours rapides, Tristan était condamné, les entrailles en feu, à une fin horrible et sans gloire.

Or, pendant que le neveu du roi Mark gisait ainsi, la nouvelle extraordinaire de la mort du dragon n'avait pas tardé à se répandre. Un chasseur, qui avait assisté de loin au combat, l'avait racontée à un charbonnier qui la répéta à une bergère, si bien qu'à des lieues à la ronde il ne fut plus question que du chevalier inconnu qui avait triomphé de la Bête et que nul n'avait revu depuis. Un des premiers à saisir tout le parti qu'il pouvait tirer de cette situation fut le lâche et retors Anguin le Rouge, le sénéchal que Tristan avait croisé, fuyant les marais sans avoir eu le courage d'affronter le monstre.

Anguin avait déjà échafaudé son plan. Si le tueur de dragon n'était pas réapparu pour revendiquer les fruits de sa victoire, c'était peut-être qu'il avait succombé à ses blessures. Dans ces conditions, il serait facile de s'attribuer son exploit en allant quérir sur place quelque preuve à exhiber au roi.

C'est ce que fit le traître. Malgré la peur qui le tenaillait toujours au ventre, il retourna donc au Val d'Enfer et, là, il trouva d'abord le cheval mort de Tristan, puis son écu noirci, puis le chevalier couché dans les herbes et, enfin, un peu plus loin, au milieu d'une flaque de sang noir, la carcasse encore fumante du dragon.

Alors, le vil personnage prit son épée et, à coups malhabiles, trancha le chef* de l'animal qu'il emporta dans une brouette.

Le sombre vilain avait bien calculé son coup et, au tout début, ses machinations semblèrent fonctionner à merveille, car, à la vue de la tête sanglante, partout où il passait, il était accueilli par des acclamations :

— Vive Anguin, le tueur de dragon !

Le félon en rougissait de plaisir et, à force d'entendre tant de louanges à son sujet, il en vint presque à croire qu'il les méritait vraiment et qu'il avait lui-même occis la Bête dont il exhibait fièrement les restes.

Aussi, lorsqu'il arriva aux portes du château de Weisefort, fut-ce sans la moindre gêne qu'il se présenta au roi avec la tête du dragon posée sur un immense plat d'or et qu'il entreprit de conter son acte héroïque avec force détails.

Le roi, qui connaissait la réputation de franche couardise de son sénéchal, ne cacha pas son étonnement. Cependant, lorsque sa nièce Iseut, qui se tenait à ses côtés, voulut exprimer quelque doute sur la véracité du récit d'Anguin, il l'interrompit avec humeur :

— Ce qui est dit est dit. Je ne tolérerai aucun rechignement*! Un roi n'a qu'une parole. Anguin aura sa récompense et, dans une semaine, il sera votre mari.

À cette nouvelle, Iseut eut un mouvement de recul et, dégoûtée, elle regarda des pieds à la tête celui qu'on lui destinait. Se pouvait-il qu'un tel homme devînt le maître de son corps, qu'il puisse la toucher de ses sales pattes velues et la baiser de ses grosses lèvres gourmandes! Rien qu'à voir la lueur lubrique qui s'allumait déjà dans le regard de l'odieux personnage, elle avait envie de vomir.

Il la salua. Elle ne répondit point à son salut et lui jeta un regard dédaigneux. Cela ne pouvait être possible. Iseut avait, elle aussi, son plan. Il y avait là forcément quelque feintise* et elle trouverait bien le moyen de démasquer l'imposteur.

Adonc*, le soir même, quand tous les chandeliers et les lampes à huile furent éteintes, en compagnie de Brangien, sa fidèle servante, elle sella une haquenée* blanche et sortit du château en direction du Val d'Enfer.

Iseut n'était pas seulement belle, elle était aussi intelligente et autrement plus futée que le sénéchal qu'elle connaissait depuis sa plus tendre jeunesse. S'il existait une preuve de la fourberie d'Anguin, c'est là-bas qu'elle la trouverait.

Les deux femmes arrivèrent dans les marais aux premières lueurs de l'aube. L'endroit était recouvert d'un épais brouillard. Néanmoins, elles n'eurent pas à chercher très longtemps, car, à senestre*, une nuée de corbeaux et d'animaux charognards leur indiquèrent tout de suite où se trouvait la dépouille putride du dragon et, un peu plus loin, sur la dextre*, elles tombèrent sur le cheval de Tristan horriblement mutilé. Brangien se boucha le nez, mais Iseut se pencha sur le cheval et remarqua :

— C'est étrange, ce coursier n'est ni ferré ni harnaché à la manière d'Irlande.

Elles reprirent leurs recherches.

Soudain, la servante qui fouillait un peu plus loin l'appela :

— Madame ! Madame ! Venez ! Il y a un homme ici et il a l'air mal en point.

Iseut se fraya un chemin parmi les broussailles et découvrit à son tour le corps de l'homme couché sur le ventre parmi les joncs, juste au bord de la mare. En joignant leurs efforts, les deux femmes le retournèrent.

Iseut poussa un cri de surprise.

— Mon Dieu! C'est Tantris!

— Tantris?

— Oui, le blessé à la barque. Tu te souviens?

— Celui que vous avez soigné et qui jouait si bien de la harpe! Oui, oui, je m'en souviens. Mais que fait-il en ce lieu?

— Je gagerai sur ma foi que c'est lui le vainqueur de la Bête.

— Dieu vous entende, madame. Si vous avez raison, nous tenons la preuve de la félonie d'Anguin qui devra renoncer à votre main.

Iseut se pencha sur Tristan à demi conscient, et vérifia son pouls.

— Il vit encore. Aide-moi. Déshabillons-le.

Elle lui ôtèrent donc son haubert maculé de boue. Elles lui retirèrent sa chemise. Il n'avait pas de blessure apparente, sinon une vieille cicatrice au côté droit. Ce n'est qu'en tirant sur ses chausses qu'elles virent la langue du dragon collée à sa cuisse comme une grosse sangsue. Iseut l'en détacha avec précaution et sortit de son aumônière* une petite fiole dont elle versa le contenu sur les chairs tuméfiées. L'effet fut presque instantané, le chevalier ouvrit les yeux et réussit à articuler quelques mots.

— J'ai froid. Êtes-vous... un... un ange du ciel?

Il reconnut alors Iseut et esquissa un sourire.

Pour le réchauffer, Iseut l'enveloppa dans son propre manteau et elle demanda à Brangien d'allumer un grand feu, puis d'aller au village le plus proche chercher de l'aide.

Quand le soleil atteignit son zénith, la servante revint avec une charrette et Tristan eut juste assez de forces pour se hisser dedans, pendant qu'Iseut et Brangien ramassaient ses armes et glissaient la langue du dragon dans un sac de peau.

Dès qu'ils furent rendus au palais, Iseut demanda à Brangien de préparer un bain très chaud dans lequel elle fit macérer toutes sortes de poudres et de plantes. Avec l'aide d'autres servantes, elle y plongea le blessé, puis renvoya tout le monde.

Tristan avait sombré dans un sommeil profond. Iseut commença par le laver, pour ensuite le frictionner avec une douceur caressante qui dépassait de loin les attentions dues à un hôte, fût-il en grande détresse. En fait, sans oser se l'avouer, Iseut était ravie de revoir ce bel étranger. Elle était même troublée au plus haut point. Qui était donc ce mystérieux Tantris qui, une fois déjà, était entré dans sa vie et son cœur pour disparaître aussitôt, comme par enchantement? Pourquoi était-il revenu combattre le dragon? Avait-il dessein de la conquérir en exposant sa vie?

Elle posa de nouveau les yeux sur Tristan qui, entièrement nu, était toujours assoupi dans le grand baquet rempli d'eau aromatisée. À cette vue, elle fut envahie par une étrange langueur et par de telles pensées qu'elle sentit une bouffée de chaleur lui monter au visage. Confuse, elle se leva donc et, pour secouer le charme, elle entreprit de recoudre le linge et de fourbir les armes de Tristan.

Elle commença par son épée. C'était vraiment une arme magnifique, un brant très ancien qui ressemblait à celui de son père. Elle admira le pommeau d'or dans lequel était nichée une sainte relique, la poignée ciselée et la garde dont les extrémités de bronze doré représentait deux têtes de sanglier. Elle tira la lame de son fourreau de cuir : l'acier bruni était effectivement souillé de sang et elle l'essuya avec soin tout en appréciant une fois de plus l'habileté du forgeron qui l'avait trempé et avait dessiné dessus des nielles* en forme de triskells* à la mode de Bretagne. Un détail, cependant, l'intrigua. Cette épée splendide était légèrement endommagée. Elle était ébréchée près de la pointe. L'entaille avait en outre une forme bien particulière, dont Iseut suivit machinalement le contour du bout du doigt. Une forme qui, soudain, éveilla en elle un doute affreux. Elle alla ouvrir le grand coffre de chêne sculpté au pied de son lit et en retira le coffret d'ivoire où elle avait gardé l'éclat d'épée retiré du crâne de son père. Elle prit le précieux fragment et le plaça dans l'ébréchure. Le bout de métal s'y ajustait parfaitement. Iseut se mordit les lèvres et pleura en silence. Il n'y avait pas de doute possible. L'éclat provenait bien de l'arme qu'elle avait sur les genoux et Tantris, le doux et beau chevalier, était l'ASSASSIN de son père !

Cette évidence eut pour effet de chasser immédiatement son désespoir bientôt submergé par une vague de fureur vengeresse. Elle leva l'épée à deux mains et se jeta sur Tristan en criant :

— Traître! Je sais qui tu es. Tu es Tristan de Loonois, le meurtrier de mon père. Recommande ton âme à Dieu, car tu vas mourir!

Mais, au lieu de porter le coup fatal, elle demeura l'épée en l'air, figée par l'attitude de Tristan qui, loin de chercher à fuir, restait comme endormi et semblait s'offrir à la mort sans résistance.

Au bout d'un moment, il ouvrit les yeux et dit à Iseut, sans la quitter du regard:

— Qu'attendez-vous? Ma vie vous appartient. C'est justice. Puisque deux fois vous m'avez ramené des ténèbres de la mort, vous avez le droit de m'y renvoyer pour toujours. Allez, tuez-moi!

Iseut se mit à sangloter et l'épée trembla entre ses doigts crispés.

Tristan continua:

— Oui, j'ai tué votre père, mais je ne suis pas un criminel. Je l'ai occis en loyal combat. Je ne regrette donc rien. Je n'ai fait que mon devoir comme vous vous apprêtez à faire le vôtre. Alors, finissons-en. Point de jactance* inutile. Frappez, si vous pensez que c'est ce que vous voulez. Frappez-moi et épousez ce poltron d'Anguin qui vous réclame comme femme.

Fatiguée et désemparée, Iseut abaissa légèrement la lourde épée.

— Taisez-vous ! Taisez-vous ! Je vous en supplie !

— Allons, du courage ! Achevez ce que vous avez commencé. J'espère juste que vous ne regretterez pas votre geste et que, plus tard, la nuit, dans les bras de votre futur époux, vous savourerez encore le souvenir de cet instant. Voyons, qu'est-ce qui retient votre bras ?

Iseut laissa tomber l'épée sur les dalles de la chambre.

— Vous m'avez odieusement trompée. Pourquoi êtes-vous revenu ? Pour venger les vôtres ? Pour me conquérir et m'emmener, enchaînée comme toutes ces pauvres filles et tous ces pauvres garçons que mon père ramenait de Cornouaille ? C'est pour ça que vous êtes venu occire* le dragon ?

Sans prendre garde au fait qu'il était nu, Tristan se leva de son bain et prit les mains d'Iseut.

— Sur ma foi, je vous jure qu'il n'en est rien. Au contraire, je suis revenu ici mandé par mon roi qui veut réconcilier nos deux peuples et unir nos deux royaumes.

Et il lui conta l'histoire de l'hirondelle au cheveu d'or et comment tout le monde, en Cornouaille, y avait vu un signe. Il lui conta aussi sa quête, sa rencontre avec Anguin et son combat contre le dragon.

Iseut hocha la tête comme si un doute l'habitait encore. Elle tenta même de retirer ses mains de celles de Tristan.

Pour la convaincre, il l'invita alors à aller chercher ses vêtements.

— Regardez ma chemise. Regardez ce qui y est cousu à la place du cœur. Vous verrez si je mens encore.

Elle fit ce qu'il lui demandait et vit qu'il ne mentait point. À l'endroit qu'il avait indiqué, un long cheveu était mêlé aux fils d'or de la chemise tissée d'orfroi*.

Dès lors, Iseut perdit toute méfiance et s'abandonna dans les bras de Tristan qui posa sur ses lèvres un baiser* de paix.

Vint le jour où, pour remplir sa promesse, le roi Gormond d'Irlande décida d'annoncer solennellement le mariage de sa nièce Iseut et du tueur de dragon.

Tout le peuple était rassemblé dans une atmosphère de liesse, car partout on avait célébré la disparition de la Bête maudite. Le roi était assis sous un dais, Iseut à ses côtés. Bien à la vue de tous, la tête du dragon était là, elle aussi, fichée à la pointe d'un pieu comme un horrible épouvantail autour duquel les enfants jouaient à se faire peur.

Anguin le Rouge apparut au milieu des applaudissements et des vivats. Le torse bombé, le teint rubicond et la démarche triomphante, il prenait des poses avantageuses et saluait à l'entour. Quand il eut fini de se paonner*, il se campa devant le roi, attendant avec une impatience non dissimulée qu'on lui livrât sans tarder ce qu'il estimait être son dû.

Le roi se leva et fit taire la foule. Mais, au moment même où il s'apprêtait à ouvrir la bouche, Iseut se pencha à son oreille pour lui chuchoter quelque chose.

Le roi l'écouta en fronçant les sourcils. Puis il se tourna vers Anguin.

— Sénéchal, ma nièce que voici soutient que tu n'es qu'un imposteur. Elle me dit qu'un autre homme que toi a tué le dragon et cette tête que tu m'as apportée, tu la lui aurais robée*.

— C'est faux, beau sire !

— Mais sénéchal, sais-tu bien qu'elle affirme connaître l'identité de cet homme et qu'il détient la preuve de ta forfaiture*. Qu'as-tu à ajouter ?

Ébranlé, Anguin posa la main sur sa hanche pour se donner une contenance et répliqua :

— Eh bien, qu'il se montre... je... je lui ferai ravaler ses accusations.

Le roi se retourna cette fois vers Iseut, qui lança à voix haute, pour que tous l'entendent :

— Mon oncle, l'homme en question n'acceptera de paraître devant vous pour confondre ce lâche que si vous lui promettez d'abord de lui pardonner ses crimes passés.

Le roi approuva d'un signe de tête. Iseut disparut derrière le dais royal pour réapparaître quelques instants plus tard, accompagné de Tristan. Le chevalier avait vraiment fière allure. Il avait revêtu des habits princiers de pourpre et d'or aux armes de la Cornouaille et du Loonois, et il était escorté lui-même d'une longue file de serviteurs, les bras chargés des somptueux présents qu'il avait récupérés dans la grotte où il les avait cachés à son arrivée.

Un murmure houleux parcourut l'assemblée. Déjà, des cris hostiles éclataient parmi les chevaliers d'Irlande et plusieurs seigneurs s'apprêtaient à tirer l'épée.

— C'est Tristan de Loonois ! Il a tué le Morholt. Je le reconnais. J'étais là-bas. À mort ! À mort !

Le roi leur imposa silence.

— Noble étranger, je t'ai accordé mon pardon, tu n'as donc rien à craindre. Dis ce que tu as à dire.

Tristan, qui avait déjà à moitié dégainé son épée, prêt à défendre chèrement sa vie, la rengaina. Il désigna Anguin de sa main gantée.

— La preuve que cet homme est un gredin indigne de l'ordre de chevalerie, je vais vous la montrer.

Ce disant, Tristan s'avança vers le pieu sur lequel était plantée la tête du dragon. D'un geste brusque, il arracha celle-ci et lui ouvrit les mâchoires. La foule recula, horrifiée, et seul un bambin dans les bras de sa mère se mit à rire.

— La grosse bête, elle a perdu sa langue !

Tristan passa sa main dans les cheveux de l'enfant.

— Tu as raison. Hein, où est donc passée la langue de cet animal ? Et toi, Anguin, tu ne dis rien ? Aurais-tu également perdu la tienne ?

Rouge de confusion, le sénéchal sentit que tout était perdu. Il n'avait pas tort. L'heure de la vérité avait effectivement sonné. Tristan, sans perdre une seconde, se fit apporter un grand vase d'argent duquel il sortit un long morceau de viande violacée qu'il exhiba d'un geste théâtral à la vue de chacun des spectateurs. La langue du dragon !

Anguin, tout déconfit, tenta bien de bégayer quelques misérables explications, mais les moqueries et les invectives couvrirent sa voix.

— Menteur ! Qu'on lui brise son épée ! Qu'on lui coupe les éperons[3] ! Qu'on lui arrache la langue, à lui itou, et qu'on le roule dans le fumier !

Le rouquin n'eut d'autre choix que de battre précipitamment en retraite et il disparut en se sauvant à pied, poursuivi par une meute d'enfants qui lui jetaient des pierres.

Quand le calme fut rétabli, le roi Gormond reprit la parole :

— Tristan de Loonois, tu sais que ton nom est honni* dans toute la verte Irlande et que nombre de mes chevaliers brûlent d'envie de m'offrir ta tête. Tu as de la chance que j'aie promis d'oublier tes méfaits passés. Tu es donc mon hôte et tu auras ma nièce Iseut. Telle est ma volonté.

Sur ce, comme le voulait la coutume, il embrassa Tristan sur les lèvres afin de sceller cette alliance.

---

3. C'était le geste par lequel on dégradait les chevaliers ayant fauté.

Tristan reçut donc la main de la belle Iseut et, de son côté, afin de ne pas être en reste, il ordonna qu'on distribuât les cadeaux qu'il avait apportés. Puis il s'adressa solennellement au roi et à sa cour :

— Noble sire, j'accepte Iseut pour femme, mais pas pour moi. Je la prends au nom de mon roi, Mark de Cornouaille. C'est pour son service que j'ai combattu la Bête maléfique et c'est pour ramener la paix entre nos deux royaumes que je suis parti en quête d'Iseut, la Belle aux cheveux d'or. Elle sera ma reine. Je serai son serviteur et son homme lige*.

Pendant trois jours et trois nuits, on fêta au son des tambourins, des rebecs* et des bombardes*. Car le roi se montra généreux. Il fit cuire à la broche plus de cent cochons et mettre en perce plus de cent tonneaux tirés de ses caves. Sur les remparts, les soldats ivres de bière sonnaient de la trompe et cognaient le plat de leurs épées sur leurs boucliers. Sur les places, les serfs et les serves chantaient, dansaient jusqu'à s'épuiser autour des feux de joie avant de s'effondrer pêle-mêle et de s'accoupler en grognant comme des bêtes. Bref, tout le monde était en liesse. À l'exception d'une seule personne.

Iseut.

Iseut que la déception rendait infiniment malheureuse. Iseut qui, retirée dans sa chambre et couchée en travers des peaux d'ours garnissant sa couche et bien à l'abri derrière les courtines* soigneusement fermées, n'arrêtait pas de pleurer.

— Qu'avez-vous, madame? lui demanda Brangien, la fidèle servante.

— Il y a que je me suis trompée bien amèrement. Je pensais que Tristan avait risqué sa vie pour l'amour de moi et qu'il allait me réclamer pour femme. Or, il m'arrache des bras d'Anguin le lâche pour me jeter dans ceux d'un barbon* qui m'est inconnu. Je le HAIS, Brangien! Je le haïrai toute ma vie pour ça!

— Je ne crois pas, madame. Je n'en crois pas un mot, soupira Brangien en continuant de plier les robes de sa maîtresse qu'elle avait commencé à ranger dans les coffres de mariage destinés à être emportés en terre lointaine.

IV

Le philtre d'amour

int le moment du grand départ. Pendant deux jours, des armées de porte-faix* chargèrent les armoires peintes, les bahuts sculptés, les lourds coffres de vêtements, les tapisseries, les vêtements, la vaisselle d'or et de vermeil*, les coffrets à bijoux de cuir gaufré et tous les autres biens d'Iseut sur un grand navire envoyé spécialement par le roi Mark.

Avant de quitter ses appartements, la princesse fit venir Brangien et la serra dans ses bras.

— Tu ne me quitteras pas, n'est-ce pas? Que deviendrai-je sans toi?

Brangien, qui avait été élevée avec Iseut depuis la petite enfance, la rassura. Jamais elle ne l'abandonnerait. Elle était même prête à la suivre en exil et elle continuerait à la servir fidèlement comme elle l'avait toujours fait depuis son enlèvement sur les côtes de Norvège et son adoption par la mère d'Iseut.

À cette nouvelle, Iseut retrouva quelque peu sa bonne humeur et alla chercher un riche coffret décoré d'émaux champlevés*.

— Tiens, puisque tu m'accompagnes, je te confie ce que j'ai de plus précieux. Regarde, cette boîte contient les bijoux de ma mère et une fiole qu'elle m'a donnée avant de mourir.

Brangien ouvrit le coffret et, au milieu des colliers, des pendants, des fibules* et des torques* en or, elle découvrit une petite bouteille scellée à la cire et contenant un liquide ambré.

Iseut lui expliqua de quoi il s'agissait.

— C'est un *vin herbé* ou un philtre d'amour, si tu préfères. Ma mère, qui, comme tu le sais, connaissait le secret des plantes, voulait que je le boive avec mon mari, le soir de mes noces. Grâce à lui, disait-elle, je serais assurée d'être heureuse et d'aimer mon époux. L'effet en est assuré pendant trois ans et, même s'il s'atténue ensuite, seule la mort peut en rompre le charme. Tu en prendras grand soin, n'est-ce pas ? Et tu feras attention que personne d'autre n'y trempe les lèvres.

Brangien jura qu'elle y veillerait comme sur sa propre vie et n'oublierait aucune de ces recommandations.

Quand le navire fut prêt à appareiller, Tristan vint chercher Iseut. Les adieux furent touchants. La princesse pleura beaucoup. Brangien aussi. Enfin, les deux femmes montèrent à bord de la nef de Cornouaille qui leva l'ancre et prit le large, toutes voiles dehors.

Tristan savait fort bien qu'Iseut quittait son pays le cœur lourd de chagrin. Aussi avait-il aménagé le bateau pour rendre la traversée la plus agréable possible. À la poupe, il avait fait dresser un somptueux pavillon de drap d'or dans lequel il avait fait placer des tapis d'Orient, des peaux d'animaux exotiques et des coussins moelleux.

Iseut s'y enferma aussitôt et, pendant trois jours, elle ne voulut voir personne.

Au troisième jour, Tristan écarta un des pans du rideau de soie qui fermait l'entrée de la tente et proposa à la belle cloîtrée de la distraire en lui jouant de la harpe. Allongée, Iseut resta muette. Tristan en déduisit que cette proposition ne lui déplaisait pas. Il s'assit donc près d'elle et lui joua un de ces airs anciens qu'elle aimait tant autrefois.

Il plaqua un dernier accord. Iseut ne bougea pas un cil. Rien ne semblait pouvoir la sortir du profond état de prostration dans lequel elle était plongée. Il voulut lui prendre la main. Elle le repoussa avec force.

— Iseut, pourquoi êtes-vous si chagrine* ?

Cette remarque sembla l'embraser de colère et elle se redressa, furieuse.

— Vous osez me le demander ! Votre histoire de cheveu d'or n'était qu'un conte. Vous m'avez menti. Vous m'avez trahie. Vous m'avez conquise par ruse pour ensuite me rejeter comme indigne de vous. Maintenant, vous m'arrachez aux miens et vous vous étonnez que je sois si dolente* au point d'en perdre le goût de vivre. Chevalier, ce n'est ni beau, ni franc, ni loyal !

— Mais vous serez reine ! Cette pensée ne vous console-t-elle pas ?

— Je m'en moque.

— Le roi Mark est pourtant un homme bon et généreux. Il vous chérira. Je suis sûr que vous finirez par l'apprécier. Et puis auriez-vous préféré partager la couche de ce misérable rouquin ?

— Au moins, lui, je le connaissais depuis toujours. Et... il m'aimait. Oui, être la femme d'Anguin aurait été moins répugnant que d'être livrée, pieds et poings liés, à votre roi comme une esclave docile.

Tristan voulut de nouveau lui prendre la main. Elle se rebéqua* en le mordant et en le griffant.

— Ne me touchez pas. Je vous hais.

Et, comme folle, elle sortit sur le pont à demi vêtue et se précipita vers la proue du navire. Si Brangien n'avait pas été là pour la ceinturer, nul doute qu'elle se serait jetée dans les flots.

Le lendemain, jour de la Saint-Jean, Iseut parut calmée et elle accepta que Tristan lui tienne compagnie. Le temps aussi avait changé. À la brise fraîche de la mer d'Irlande avait succédé une chaleur étouffante qui transforma l'océan en un lac immobile de métal en fusion. Plus un souffle, plus une vague. La nef, les voiles pendantes, continua un moment sur son erre puis s'immobilisa. Tristan donna l'ordre de ramer, mais la touffeur était si insupportable qu'un à un les marins en sueur lâchèrent l'aviron et s'effondrèrent sur leurs bancs de nage.

Sous le pavillon, Tristan et Iseut jouaient aux échecs. Depuis des heures, ils n'avaient pas échangé un mot, mais parfois, en déplaçant les pièces d'ivoire, leurs doigts se frôlaient et un léger frisson les parcourait tous deux.

Tristan remarqua qu'Iseut avait découvert ses épaules. Il vit également que sa poitrine palpitait comme celle de quelqu'un qui a de la difficulté à respirer. Il se décida à rompre le silence :

— Voulez-vous prendre un peu d'air ?

Elle fit un signe négatif de la tête.

— Vous devez avoir soif. Attendez, je vais vous chercher à boire.

Tristan sortit et appela pour être servi. Personne ne répondit. Tout le monde dormait, écrasé par le soleil de feu. Il distribua à la ronde quelques coups de pied. Nul ne bougea, à l'exception d'une toute jeune servante de la suite d'Iseut, qu'il secoua sans ménagement.

— Trouve-moi du vin ! Allez, dépêche-toi !

Apeurée, la fillette courut aussitôt d'un bord à l'autre du bateau à la recherche de ce qu'on lui avait demandé. En dévalant l'échelle menant à la cale, elle buta contre Brangien qui, elle aussi, s'était assoupie. Elle n'osa pas la réveiller et se mit à fouiller dans les bagues* qui s'empilaient tout autour. Elle trouva d'abord un magnifique hanap* d'électrum*. Puis elle repéra un coffret qui reposait aux pieds de Brangien. Elle l'ouvrit. À sa grande joie, il contenait un flacon qui, selon toute apparence, contenait du vin. Elle en versa une pleine coupe et, aussi vite qu'elle put, elle regagna le pont brûlant. Tristan l'attendait. Il prit le hanap et rejoignit Iseut. Celle-ci prit la coupe et y but à grands traits avant de la tendre au chevalier qui la vida jusqu'à la dernière goutte.

L'effet fut foudroyant. Tristan lâcha le précieux contenant qui roula sur le plancher. Il regarda Iseut intensément et elle aussi le fixa comme si c'était la première fois qu'ils se voyaient. Ils frissonnaient tous les deux des pieds à la tête, avec l'impression qu'un rosier sauvage, poussant à une vitesse folle, enroulait autour d'eux ses branches épineuses qui leur déchiraient le cœur et les enivraient en même temps du parfum de ses fleurs. En d'autres mots, ils souffraient comme des damnés, mais cette souffrance était si délicieuse que pour rien au monde ils n'auraient voulu qu'elle prît fin.

Alors, ils restaient là, les yeux dans les yeux, égarés, détachés de tout, et c'est dans cet état que Brangien les trouva.

Car, entre-temps, le vent s'était soudainement levé, les voiles s'étaient retendues, et tous ceux qui étaient à bord étaient sortis de leur torpeur comme on quitte un rêve. Brangien, la première, avait repris conscience et tout de suite elle s'était aperçue que quelqu'un avait ouvert le coffret dont elle avait la garde. Prise d'un terrible pressentiment, elle avait alors quitté la cale, déclos le bec* de la petite servante et gagné à grands pas le château arrière où se dressait le fameux pavillon. Elle y trouva les deux amants toujours en contemplation et s'arracha les cheveux de désespoir.

— Dieu du ciel ! Qu'ai-je fait ! C'est ma faute. Honte sur moi ! À cause de ma négligence et de l'étourderie de cette écervelée, vous avez bu votre mort. Mon Dieu ! Mon Dieu ! Quel malheur !

Ces lamentations eurent pour effet de rompre en partie le charme qui tenait Tristan et Iseut comme envoûtés et aimantés du regard.

Iseut soupira :

— Mon ami, amour me arde* et me transit*. Que ne vous ai-je laissé succomber aux blessures que mon père vous infligea et au poison mortel du sang du dragon !

Et Tristan se plaignit à son tour :

— Quel beau chevalier je fais ! Me voici prêt à oublier tous mes devoirs, à renier tous mes serments pour cette femme ! Que penseraient de moi le preux Rivalen, mon père, et la douce Blanchefleur, ma mère ? Et mon oncle si généreux, comment pourra-t-il me pardonner un tel crime ?

Chacun de leur côté, ils résistaient ainsi de toutes leurs forces à leurs coupables désirs, mais, dans les combats de l'amour, la raison n'a aucune chance et les redoutables flèches de la passion manquent rarement leur cible.

Ils finirent donc par succomber. Car plus ils luttaient, plus leurs corps s'échauffaient et plus leurs mains se nouaient, plus leurs lèvres se cherchaient. Alors, sous les regards horrifiés de Brangien, à gestes maladroits, Iseut commença à déshabiller Tristan et Tristan à dénuder Iseut. Quand ils furent aussi nus qu'Adam et Ève sortis de la main de Dieu, ils hésitèrent une minute qui dura une éternité. Puis leurs deux corps s'unirent avec la violence de deux vagues se brisant sur le même rocher. Lui, montant à l'assaut avec cette rage froide de celui qui sait fort bien qu'il est en train de se damner. Elle, s'accrochant à lui désespérément et l'accueillant avec le fatalisme de celle qui accepte sa chute et se donne tout entière sans pudeur ni remords. L'un et l'autre incapables de prendre un instant de repos. L'un et l'autre emportés dans le tourbillon de cette danse de vie et de mort. Iseut, les reins arqués, les seins gonflés et le ventre insatiable, riait et pleurait à la fois. Tristan, l'œil fou, besognait en silence comme un chasseur enfonçant son épieu dans les entrailles de sa proie gémissante.

Quand à la fin ils retombèrent, épuisés, couchés flanc à flanc, Iseut, sa chemise rouge de sang, n'était plus vierge. Et Tristan, honteux, avait perdu à jamais son honneur de chevalier.

À l'extérieur, un cri retentissant les ramena brusquement à la réalité.

— Terre! Terre en vue!

C'était la vigie qui, du haut du grand mât, avait aperçu à l'horizon le mince filet de la côte de Cornouaille.

À cette nouvelle, Iseut se releva, échevelée, et fut saisie de panique.

— Qu'avons-nous fait? Nous sommes perdus! Quand le roi s'apercevra que je ne suis plus pucelle, il me tuera, comme le veut la loi.

Tristan, encore hébété, la serra dans ses bras et lui promit par bravade:

— Non, il ne vous fera rien. Je le tuerai d'abord et je me tuerai après.

Loin de la calmer, ces folles idées plongèrent Iseut dans une angoisse encore plus insupportable.

— Brangien? Où est Brangien? Appelez-la. Tout est sa faute.

La malheureuse servante, atterrée par les conséquences tragiques de son manque de vigilance, n'était pas loin. Recroquevillée dans un coin, elle tremblait de tous ses membres et, quand elle vit Tristan, elle crut sa dernière heure venue.

— Brangien, ta maîtresse te réclame.

La pauvre meschine, les larmes aux yeux, entra dans le pavillon et, en voyant Iseut hagarde, la chemise souillée et les cheveux défaits, elle retrouva sans même y penser les gestes habituels de la domestique attentionnée. Elle la frictionna à l'aide de parfum, elle l'aida à revêtir une chemise de lin toute neuve qu'elle alla quérir dans son propre coffre de voyage. Elle jeta ensuite les vêtements maculés par-dessus bord. Puis, à l'aide d'un peigne de nacre, elle se mit à peigner doucement les cheveux magnifiques de celle qui, dans les circonstances, n'était plus la princesse d'Irlande mais une simple femme en péril de mort.

Et tout cela à cause d'elle !

Alors, tout en tressant la merveilleuse chevelure de sa maîtresse, Brangien eut une idée.

— En dehors de la couleur de mes cheveux qui sont noisette, je vous ressemble, madame. J'ai la même taille et, à la faveur de la nuit, si je parviens à me glisser dans le lit du roi, je pourrais peut-être me faire passer pour vous.

— Tu ferais cela ? s'exclama Iseut, étonnée et reconnaissante.

— Oui, pour réparer ma faute ! Et, après tout, l'honneur d'une pauvre fille comme moi n'a pas le prix de celui d'une reine.

Égoïstement, Iseut approuva aussitôt le stratagème. Tristan, en qui demeuraient malgré tout des lambeaux de principes chevaleresques, manifesta quelque répugnance à tromper ainsi la bonne foi de son oncle, mais, pour l'amour d'Iseut, il acquiesça finalement.

Quiconque, ce jour-là, assista à l'arrivée triomphale de Tristan et Iseut dans le port de Tintagel, ne put rien deviner de ce qui s'était passé pendant la traversée.

Tristan, en armes, avait l'air hautain et impassible du parfait chevalier. Iseut, tout de vert habillée, avait l'air d'une fée sortie des anciens contes. Le roi Mark donna l'accolade à son neveu et, malgré son âge, il mit un genou à terre pour baiser la main de sa future femme.

Le mariage eut lieu dès le lendemain et jamais on ne vit sous les hautes voûtes de la chapelle de Tintagel à la fois époux plus épanoui et mariée à la mine plus triste. Mais qui remarqua cette infinie tristesse ? Qui remarqua le mouvement de crainte de la reine et le regard qu'elle adressa à Tristan lorsque le prêtre, venu spécialement du Mont-Saint-Michel, déposa la couronne d'or de Cornouaille sur sa guimpe* immaculée? Qui s'aperçut du léger tremblement de la voix d'Iseut au moment de l'échange des consentements? Personne. Sauf Tristan qui, pendant toute la cérémonie, serra les poings de rage et de jalousie.

Les fêtes qui suivirent le mariage royal furent somptueuses. Il y eut un grand tournoi au cours duquel Tristan, debout sur les étriers, fit mordre la poussière à tous ses adversaires et jouta avec une telle violence que deux d'entre eux moururent la poitrine défoncée. Il y eut une magnifique parade en tête de laquelle le roi, rayonnant de bonheur, chevaucha aux côtés d'Iseut dans les rues pavoisées et jonchées de menthe et de glaïeuls. Il y eut des marmousets* et des jeunes paysannes couronnées de roses et de soucis qui carolèrent* sous les arbres enguirlandés. Il y eut une grande distribution de cadeaux: des miches de pain, des barriques de vin et des mules pour le peuple; des houppelandes fourrées, des robes de soie, des armes de prix et des chevaux pour les gens de qualité. Il y eut, le soir, un grand banquet au château où l'on servit à pleines tables, chapons et cygnes rôtis, porcelets et chevreaux farcis, têtes de sanglier, brochets et esturgeons, faisans et paons, la queue déployée, le tout arrosé de cervoise*, de vins de Bourgogne et d'hypocras*. On s'amusa beaucoup. On chanta. On se jeta au visage de la farine, de la suie et des œufs.

Le roi Mark, encouragé par son neveu, but beaucoup plus que de coutume et il ne tarda pas à sombrer dans une joyeuse ivresse ; tant et si bien que, lorsque vint le temps d'aller se coucher, il se trouva si chancelant qu'il fallut que Tristan le soutint pour le conduire jusqu'à la chambre nuptiale.

Iseut était déjà là. Si belle que sa seule présence ensoleillait la pièce. Vêtue d'un bliaud* de samit* presque transparent et d'un surcot bordé d'hermine, elle priait au pied du lit. Quand elle vit le roi s'approcher d'elle en titubant, elle se retira pour se déshabiller et, avant de se glisser sous les couvertures de martre et de drap d'or, elle prit bien soin de souffler d'un seul coup toutes les bougies du grand chandelier de fer forgé qui éclairait les lieux.

Le roi Mark protesta :

— Ma mie, pourquoi avez-vous éteint la lumière ?

Iseut lui chuchota avec aplomb :

— Monseigneur, c'est la coutume d'Irlande. Dans mon pays, on fait ainsi.

Dans l'obscurité, le roi heurta un des coffres peints qui meublaient la pièce et s'assomma à moitié sur une des colonnes du lit. Il s'affaissa de tout son long sur la couche.

— Ma femme, où êtes-vous donc? bredouilla-t-il d'une voix pâteuse en rampant à tâtons au travers du lit.

Iseut se garda bien de le guider. Au contraire, profitant des ténèbres, elle se leva sur la pointe des pieds et se hâta vers la porte qui venait justement de s'entrebâiller sans bruit. Deux silhouettes se croisèrent. Celle d'Iseut qui sortait subrepticement de la chambre et celle de Brangien qui entrait prendre la place de sa maîtresse sur la couche royale.

Le roi Mark était bien trop ivre pour se rendre compte de quoi que ce soit. À demi endormi, il finit malgré tout par mettre la patte sur le corps allongé près de lui. C'était Brangien, inerte et froide comme un gisant de pierre. Il embarqua sur elle avec un grognement bestial. La malheureuse gémit sous cette masse molle qui l'étouffait. Il la força à écarter les jambes et la pénétra laborieusement en lui arrachant des cris de douleur qu'elle étouffa de son mieux en serrant les dents et en se bâillonnant elle-même du revers de la main.

Le roi prit son plaisir en quelques coups de rein, puis il retomba sur le côté, repu et content. Une minute plus tard, il ronflait comme une brute.

Brangien ne bougea pas. Elle attendit d'être bien sûre que le gros homme ne se réveillerait plus avant l'aube pour quitter la chambre en catimini.

Tristan l'attendait dans l'ombre. Il voulut lui parler et la retenir, mais elle se dégagea en pleurant et s'enfuit telle une biche blessée. Tristan la suivit de peur qu'elle ne donnât l'alarme et ne fît échouer le plan convenu. Iseut arriva peu après et se faufila à son tour dans la chambre pour reprendre sa place dans le lit royal.

Le roi Mark, couché sur le dos, n'avait pas bougé. Il sentait affreusement le vin et le vomi.

Iseut, dégoûtée, lui tourna le flanc et elle commençait juste à s'assoupir quand elle entendit les gonds de la porte grincer imperceptiblement. Une ombre se pencha au travers des lourds rideaux entourant le lit.

— Tristan ?

C'était bien lui.

— Vous êtes fou, murmura Iseut, il peut nous surprendre…

— Je connais mon oncle. L'alcool l'assomme. Nous ne risquons absolument rien.

— Mais que voulez-vous ?

Question inutile, car Tristan la tenait déjà enlacée, et elle-même, bravant le danger, lui rendait ses baisers fougueux.

Ce n'est qu'au chant du coq que Tristan s'éclipsa, de telle manière que, lorsque le roi s'éveilla, ce fût bien une femme alanguie et comblée qu'il retrouvât près de lui.

— Avez-vous bien dormi, ma mie ? demanda le roi en enfilant ses chausses et en esquissant un triple signe de croix[1].

Iseut s'étira en soupirant d'aise :

— Fort peu ! monseigneur.

Le roi Mark prit cela comme un compliment détourné et en déduisit qu'en dépit de son ivresse, qui ne lui avait laissé aucun souvenir précis de la nuit passée, il avait dû être à la hauteur des attentes de sa jeune femme et avoir pleinement rempli son devoir conjugal.

Il se gratta le ventre et, tout en se rafraîchissant le visage et en se lavant les mains, il cria :

— Holà ! À boire !

Iseut n'attendait que cette occasion pour intervenir :

— Laissez, monseigneur ! J'ai ici un flacon de vin, cadeau de ma défunte mère.

---

1. C'était la coutume.

C'était en fait le reste du *boire amoureux* que Brangien avait conservé et dilué. Elle le versa dans deux coupes d'argent. Le roi vida la sienne d'une seule gorgée. Iseut, elle, fit semblant de boire dans la seconde et, dès que le roi Mark détourna la tête, elle en renversa le contenu sur le sol.

L'effet fut instantané. Le roi Mark, énamouré, perdit tout jugement critique et succomba complètement au charme d'Iseut. Dès qu'il fut levé, il répondit donc avec bonne grâce aux plaisanteries grivoises des seigneurs venus lui rendre visite et c'est avec un orgueil non dissimulé qu'il regarda les lingères rieuses changer le drap du lit au milieu duquel s'étalait une large tache de sang, preuve indubitable que sa femme était bien vierge au soir de ses noces.

Ainsi, ce matin-là, grâce au sacrifice de Brangien, Iseut parut devant la cour, plus rayonnante que jamais. Si belle que le comte Kariado lui-même vint lui rendre hommage et souhaiter au roi hoirs* nombreux.

Quant à Tristan, il partit à la chasse et tua un grand cerf dont il offrit les bois au roi Mark.

Quant à Brangien, nul ne la vit de la journée.

V

Les crimes de l'amour

e mal d'amour est un grand feu dévorant. Il dévaste tout et se nourrit de ce qu'il détruit. Plaisir et souffrance ne font plus qu'un dans l'ultime combat que la raison mène contre la passion.

Adonc, depuis qu'ils avaient bu au même hanap, Tristan et Iseut connaissaient à la fois l'extase des sens et la honte permanente de bafouer tout ce en quoi ils avaient eu foi avant ce jour fatal où le poison de l'amour s'était instillé dans leurs veines. Plaisir et culpabilité. Chaque jour, cette double torture rendait Tristan un peu plus sombre et belliqueux, tandis que, chez Iseut, elle suscitait d'imprévisibles crises de larmes et de doute qui la poussaient à s'enfoncer toujours un peu plus dans le mensonge et le crime.

Iseut avait constamment envie de Tristan et, pour assouvir cette inextinguible soif d'amour qui la tourmentait, elle multipliait les imprudences. Les deux amants s'embrassaient dans les escaliers du donjon. Ils se caressaient, cachés derrière l'autel de la chapelle. Ils se faisaient l'amour sur la paille des écuries, jusque sous les pattes des chevaux. Et lorsqu'Iseut rentrait de ces folles équipées, la robe froissée et les yeux cernés, il y avait invariablement la fidèle Brangien qui l'attendait, silencieuse, avec, sur les lèvres, un vague sourire navré.

Déquiétée*, Iseut en vint d'ailleurs très vite à détester cette espèce de moue de reproche et à se persuader qu'au fond d'elle sa servante la jugeait, qu'elle lui en voulait, qu'elle l'espionnait et qu'un jour, peut-être, elle la dénoncerait.

Alors, elle commença à nourrir une haine sourde pour cette femme en qui elle voyait la source de tous ses maux.

Elle en parla à Tristan.

— Et si Brangien nous trahissait?

Tristan trouva cette idée absurde.

— Qu'elle nous dénonce au roi et elle finira elle-même au bout d'une corde. Elle le sait.

Mais Iseut, dans son délire, ne voulait rien entendre. Il fallait que Brangien disparaisse. Il fallait qu'elle meure!

Elle manda* donc en grand secret deux écorcheurs, des truands de la pire espèce et de la même farine*, qui avaient la réputation d'être capables d'égorger père et mère pour quelques pièces d'or. L'un était borgne. L'autre, bossu. Intimidés et éblouis, leurs bonnets à la main, ils écoutèrent les ordres. Ils devaient accompagner Brangien dans la forêt et, là, ils la perceraient de leurs épieux.

— Pour être sure qu'elle n'est plus, je veux que vous me rapportiez son cœur, ajouta-t-elle, en tirant de son aumônière une partie des pécunes* qu'elle leur avait promis.

Les deux coupe-jarrets* acceptèrent en souriant affreusement de toutes leurs dents pourries.

— Noble reine, vous ne regretterez pas le débours*. Dès ce soir, elle aura rendu son âme à Dieu!

Cinq minutes plus tard, Brangien entra à son tour dans la chambre, les bras chargés de linge frais lavé. Iseut, toujours aussi aveuglée par ses folles idées, l'appela auprès d'elle, feignant de souffrir d'une insupportable migraine.

— Brangien, ma bonne Brangien, ma tête me fait atrocement mal. Tu connais aussi bien que moi les plantes qui soulagent. Va dans les bois et rapporte-moi des racines de valériane et de mandragore. Ces deux paysans t'accompagneront et te guideront pour en trouver.

Brangien ne discuta point et, montée sur un roncin* à la robe toute noire, elle suivit en toute confiance les deux manants qui bientôt s'enfoncèrent dans une forêt si épaisse qu'à peine quelques rayons de soleil y pénétraient. L'endroit était lugubre. Dans l'ombre s'allumaient et se fermaient des yeux de bêtes. Parfois éclataient des cris sinistres qui se brisaient comme des sanglots. Brangien frissonna.

— Est-ce encore loin?

Les deux hommes continuèrent à marcher au milieu des fougères et des buissons d'épines sans se retourner. Brangien demanda de nouveau:

— Ne sommes-nous pas prêts d'arriver? La nuit va bientôt tomber...

Les deux coquins s'arrêtèrent au pied d'un grand chêne mort qui dressait au ciel ses bras tordus.

— Nous y sommes.

Brangien s'étonna.

— Mais il n'y a que des ronces ici!

Le bossu s'approcha alors d'elle et la força à descendre de cheval en la prenant à bras-le-corps.

— Que faites-vous? s'écria Brangien. Vous êtes fous! Que me voulez-vous? Lâchez-moi!

Un couteau à la main, le borgne vint à son tour vers elle et la prit par les cheveux pendant que son complice lui déchirait ses vêtements.

— Recommande ton âme à Dieu, car tu vas mourir.

Brangien, à demi nue, se débattit désespérément, tout en essayant de cacher ses seins et sa toison intime. Puis, quand elle vit qu'elle était perdue, elle se recroquevilla, le visage caché dans ses mains.

— Pourquoi? implora-t-elle. Qu'ai-je fait pour mériter de mourir ainsi?

Ému par la blancheur et la beauté de sa poitrine parfaite, qui palpitait comme celle d'un oiseau blessé, le borgne n'eut pas le courage de porter immédiatement le coup fatal.

— Tu dois avoir commis un bien grand crime, car c'est la reine Iseut en personne qui a ordonné que tu périsses.

Brangien sursauta.

— Ce n'est pas possible. J'aime ma maîtresse et elle m'aime. La seule faute dont j'ai souvenance fut que sur le bateau, un jour qu'il faisait très chaud, ma dame déchira et salit sa belle chemise et que je dus lui bailler* une des miennes qui n'était ni aussi blanche ni aussi intacte que la sienne pour entrer dans le lit du roi.

Les deux criminels se regardèrent et le borgne lui dit :

— Certes, si tu dis vrai, cette reine est bien cruelle ou bien elle n'a plus toute sa tête. Je ne veux pas de ton sang innocent sur mes mains. J'ai déjà assez de péchés à me faire pardonner…

Le bossu approuva et les deux mécréants, au lieu d'égorger la pauvre Brangien, décidèrent de la ligoter au tronc du vieux chêne en prenant soin de la suspendre assez haut pour que les loups l'épargnent.

— Dieu décidera si tu dois vivre ou mourir. Prie que les chiens d'enfer ne sentent pas trop vite ton odeur.

Sur ce, ils l'abandonnèrent et, pour ne point perdre la récompense promise, sur le chemin du retour, ils tuèrent un chevreuil auquel ils arrachèrent le cœur avec l'intention de faire croire qu'il s'agissait de celui de la servante.

Iseut reçut les deux misérables qui lui tendirent leur sanglant trophée.

— Voici, gente reine, vos ordres ont été exécutés. Payez-nous.

À cette vue, Iseut porta la main à sa bouche pour étouffer un cri d'horreur, comme si, soudainement, elle avait pris conscience de l'ignominie de son geste. Elle feignit néanmoins d'être satisfaite et leur demanda si la malheureuse avait dit quelque chose avant de trépasser. Le récit des deux hommes, en particulier la fable* de la chemise ruinée, ne fit que redoubler sa confusion. Ainsi, Brangien, avant de mourir, avait gardé jusqu'au bout le secret de sa nuit de noces. La honte suscitée par sa mauvaise action ne tarda pas à se retourner contre ceux qui en avaient été les exécuteurs. Iseut entra alors dans une colère effroyable contre ces derniers, les menaçant de leur faire crever les deux yeux, de leur arracher la langue, les accusant de n'avoir pas compris ses vraies intentions et d'avoir outrepassé ses ordres qui ne visaient qu'à mettre à l'épreuve la fidélité de sa servante et non pas de l'occire d'une manière aussi barbare.

Et le plus étonnant, c'était que, dans son égarement, Iseut se trouvait être parfaitement sincère. Telle est la nature de la femme qui souvent varie, comme le disent les anciens conteurs.

Le borgne jugea que, dans les circonstances, il valait mieux dire la vérité.

À cette nouvelle que Brangien n'était peut-être pas morte, Iseut sembla reprendre vie et, au comble de l'excitation, elle pressa les deux hommes de courir la chercher.

— Vite, allez aux écuries. Prenez un cheval. Prenez-en deux. Je triplerai votre récompense si vous me la ramenez vivante !

Montés sur deux fringants coursiers, le borgne et le bossu furent bientôt dans la forêt et y retrouvèrent Brangien que les bêtes avaient miraculeusement épargnée. Ils l'enveloppèrent dans un grand manteau pour la réchauffer et la ramenèrent à Iseut qui se jeta à ses pieds.

— Dieu merci, tu es sauve ! Pardonne-moi, Brangien. Pardonne-moi d'avoir douté un seul instant de ta loyauté. Un jour, je te paierai ma dette. Tu verras. Je te promets un beau mariage.

Brangien était un cœur simple. Enlevée des côtes de Norvège par des pirates et vendue comme esclave, elle servait Iseut depuis toujours et avait pour elle un attachement presque animal. Loin d'éprouver de la rancœur à l'égard de sa maîtresse, elle la remercia donc de l'avoir épargnée, se jetant elle-même à genoux et se laissant embrasser au milieu d'un concert de pleurs.

À la cour, comme chacun passait son temps à épier l'autre et à comploter derrière chaque tenture, les frasques d'Iseut et le comportement bizarre de Tristan commencèrent à susciter de dangereuses rumeurs. Le comte Kariado, que le retour triomphal de Tristan avait dépité, ne manquait pas une occasion de relever les mille petits écarts de conduite des deux amants qui, réunis ensemble, engraissaient les plus épouvantables soupçons.

On remarqua, par exemple, que Tristan sortait le soir, tout comme Iseut qui, *officiellement,* souffrait d'insomnie et aimait prendre l'air la nuit dans le jardin royal aménagé sur une terrasse, à l'abri d'une palissade de pieux pointus. On nota également que la reine refusait souvent d'accompagner son époux à la chasse, sous prétexte qu'elle n'aimait pas le sang et que la vue d'un faucon déchirant à coups de bec les entrailles d'une pauvre perdrix ou celle des chiens éventrant un cerf épuisé la rendaient malade. Or, comme par hasard, au moment de la curée, Tristan disparaissait également, même si quelques minutes plus tôt il paraissait le plus excité à traquer le chevreuil et à percer le sanglier.

Dans ces conditions, les commérages allaient bon train, bien que ni le comte

Kariado ni les espions à sa solde n'aient encore trouvé la preuve décisive qui leur permettrait de ruiner l'influence de Tristan et de détacher le roi Mark de cette blonde et trop belle Irlandaise.

Ce fut Frocin, le bouffon de la cour, qui sema les premiers doutes dans l'esprit benoîtement confiant du roi Mark.

Frocin, sous son bonnet de fou à trois pointes et tout en agitant sa marotte*, était un être retors qui, malgré sa petite taille et ses difformités, était craint de tous. On le disait sorcier et capable de lire dans les étoiles. Frocin savait tout sur tout le monde, car il avait l'art de se cacher dans les endroits les plus insolites pour mieux surprendre une conversation imprudente ou un geste révélateur.

Or, il advint qu'un jour le roi Mark donna un grand banquet en l'honneur d'émissaires du pays des Pictes* et du pays de Logres*. Tristan et Iseut s'assirent côte à côte à la maître-table, le roi à la gauche de sa femme.

En apparence, les deux amants avaient une conduite parfaite, mangeant de bon appétit quartier de cerf au poivre et aux clous de girofle, épaule de sanglier farci et poulets frits au lard, servis sur de bonnes tranches de pain frais. Ils devisaient* avec le roi, répondaient aux gaberies*, souriaient, saluaient ceux qui les saluaient. Le bouffon, lui, avait choisi de se glisser sous les tréteaux de la table où il faisait cent espiègleries, pinçant celui-ci, chatouillant celle-là, se mêlant aux chiens à qui il disputait les os de gigot et les miettes de gâteau.

Il arriva à quatre pattes à la hauteur de la table royale et, là, bien à l'abri de la nappe qui descendait jusqu'à terre, le spectacle qu'il vit lui arracha un large sourire de méchanceté. La main droite de Tristan, tout en s'essuyant à la nappe[1], s'était glissée sous la table et venait de se poser sur la cuisse d'Iseut. Le nain, fasciné, s'assit en tailleur pour observer le manège plus à son aise. Pendant un long moment, la main de Tristan resta parfaitement sage, comme si elle était arrivée là par hasard. Puis la belle main blanche d'Iseut, avec ses longs doigts ornés de bagues, descendit à son tour sous la table et, tout doucement, couvrit celle de Tristan. Alors, les deux mains, exactement comme des personnes vivantes, commencèrent à se caresser, se nouant et se dénouant,

---

1. Comme il n'y avait pas de serviette à l'époque, on s'essuyait sur la nappe ou sur le dos des chiens. Parfois, on se rinçait les mains dans de l'eau infusée de pétales de rose, de menthe et de verveine, servie par un écuyer.

se serrant et s'offrant dans une sorte de lutte silencieuse. Celle de Tristan devint bientôt plus hardie et, malgré la résistance de celle d'Iseut, qui lui plantait ses ongles dans la chair, elle se mit à chiffonner la robe légère de la reine qu'elle troussa jusqu'à ce qu'elle découvrît la peau nue au contact de laquelle elle retrouva toute sa douceur.

Le bouffon, au comble de l'excitation, poussa un petit rire nerveux qui eut pour effet d'effaroucher les deux mains coupables qui se sauvèrent promptement.

Furieux, Tristan se pencha sous la table et attrapa le bouffon par une oreille.

— Sors de là, infâme vermine! s'écria Tristan en gratifiant l'importun d'une formidable taloche qui l'envoya rouler à terre, en avant des tables.

— Aïe! Aïe! Aïe! pleurnicha l'horrible nain en se frottant l'appendice auditif, sous les risées de l'ensemble des convives.

Frocin, derrière ses oripeaux de joyeux farceur, dissimulait un cœur noir et, tout en multipliant les grimaces et les culbutes, il jura entre ses dents de se venger des deux amants.

L'arrivée d'un montreur d'ours fit vite oublier l'incident à presque tout le monde. Seul le bouffon continuait à ruminer de sombres desseins. Aussi, pendant que le gros animal se dandinait, dressé sur ses pattes arrière, il se glissa aux côtés du comte Kariado et, la main devant la bouche, lui fit à voix basse la description de la scène qu'il avait surprise sous la table de banquet. Visiblement, l'histoire réjouit le cousin du roi, qui vida sa coupe d'une traite et claqua les lèvres de contentement.

L'hiver arriva. Un hiver de loup qui mordait les visages et hurlait nuit et jour en balayant les campagnes, recouvertes bientôt d'une épaisse croûte de neige.

Tristan qui, d'instinct, sentait grandir le danger, avait décidé pour faire taire les rumeurs de loger dans une hôtellerie, à quelques lieues du château royal. En outre, pendant un certain temps, les deux amants convinrent de s'éviter, n'échangeant plus un seul regard ni une seule parole.

Le comte Kariado en était vert de rage.

Un jour, pourtant, le bouffon lui rapporta qu'Iseut avait de nouveau un comportement étrange qui la faisait se lever la nuit. Aux dires de la reine, le froid régnant dans les appartements royaux la réveillait et la plainte incessante du vent lui irritait les nerfs. Le comte Kariado pour sa part soupçonnait que ces insomnies avaient une toute autre cause. Une femme qui a soif d'amour devient vite comme folle, et Tristan, si ce n'était pas déjà fait, ne tarderait pas tout autant à succomber à l'appel des sens. Il décida donc de se mettre à l'affût.

Sa patience fut vite récompensée. Un soir, au douzième coup de minuit, il surprit Tristan qui quittait son logis, habillé comme un vilain de braies* et d'une chape* de laine. Soupçonneux, il décida de le suivre à distance en se fiant aux traces dans la neige. Où allait-il à une heure si tardive ? Avait-il rendez-vous avec quelque ribaude* d'un des bordeaux* du faubourg* ? Tristan hâta le pas et arriva bientôt sous les remparts. Une des poternes s'ouvrit discrètement. Il s'y engouffra. Le comte voulut entrer à son tour. La porte était close. Il retourna au pont-levis et héla les hommes de guet. Personne ne répondit. Ce voyant, il entra lui-même par une issue dérobée dont il avait la clé. Sur tous les chemins de ronde et dans les couloirs, les gardes dormaient profondément. Plusieurs sentaient l'alcool. Certains avaient encore, à côté d'eux, un cruchon de vin chaud. Le comte huma la boisson et en déduisit qu'on avait drogué les soldats. Il parcourut les salles désertes et monta dans le donjon. Le roi était assoupi en sa grand-chambre. Finalement, à la lueur d'une torche, il descendit dans les culs de basses fosses. Les geôliers étaient également plongés dans un sommeil de bête brute. Au moment où il s'apprêtait à quitter ces lieux humides et nauséabonds, il entendit des gémissements provenant d'un cachot. Or, ces plaintes n'étaient point celles d'un prisonnier las de ses chaînes et de la vie. Ces plaintes, accompagnées de halètements, étaient de toute évidence celles d'un couple en plein ébat amoureux.

À pas feutrés, le comte se glissa jusqu'au judas percé dans la lourde porte cloutée et regarda à l'intérieur. Dans la pénombre, un homme et une femme nus étaient bien là, enlacés sur la couchette recouverte de paille, et s'embrassant à l'étouffade*. Il les observa quelques minutes et, lorsque ses yeux se furent accoutumés à la demi-obscurité, il reconnut les deux amoureux.

C'était Tristan et la reine.

Le comte était un homme rusé. Il savait que s'il accusait directement Tristan ou Iseut, il risquait d'encourir le courroux du roi.

Il fit donc appel au nain Frocin et à ses dons supposés de devin. Le nain demanda à voir le roi Mark de toute urgence. Il avait lu dans les étoiles qu'une terrible calamité menaçait le royaume et que le seul moyen d'écarter celle-ci était d'aller en pèlerinage prier saint Michel en son abbaye de Saint-Michel-au-péril-de-la-mer en Petite-Bretagne*.

Le roi voulut en savoir un peu plus.

— Dis-moi, quel est ce danger qui me menace tant.

— Sire, répondit le nain astrologue, Saturne et Vénus entrent en conflit, et j'ai vu dans les astres que l'amour de la reine Iseut pour votre majesté risque d'aller en se détricotant. Je vois de sombres nuages s'accumuler…

Le roi Mark, qui était fort superstitieux, donna aussitôt des ordres pour qu'on selle ses chevaux et remplisse des chariots en vue de ce long voyage. Sur les conseils du comte, il demanda ensuite à Iseut si elle ne voyait pas d'inconvénients à demeurer seule les quelques semaines que durerait son absence.

Dissimulant mal sa joie, Iseut le rassura :

— Point du tout, monseigneur ! En compagnie de mes suivantes et de ma fidèle Brangien, nous ferons de la tapisserie dans la chambre des dames et nous prierons Dieu de veiller...

Elle ne termina pas sa phrase, car le roi Mark s'était soudain rembruni et semblait vivement contrarié.

— Il me semble, ma mie, que mon départ, loin de vous marir*, vous met bien en joie. Avez-vous donc tant hâte d'être débarrassée de moi?

Iseut vit qu'encore une fois elle avait été bien imprudente, ce que lui fit remarquer Brangien:

— Madame, ne voyez-vous pas que c'est un piège tendu par le comte et son nabot damné! Il vous faut faire beau-semblant*. Feignez plutôt la peine et le désarroi. Suppliez votre époux qu'il renonce à ce voyage. Jurez-lui un immutable* amour. Il avalera l'hameçon avec toute la ligne. Les hommes sont si vaniteux et si naïfs.

Iseut trouva le conseil fort bon et, le soir même, quand elle fut seule avec le roi, tout en peignant le flot doré de ses longs cheveux, elle se mit à sangloter:

— Monseigneur, je vous en conjure, renoncez à ce voyage ou emmenez-moi. Loin de vous, je me languis et je meurs d'ennui.

— Vous m'aimez donc un peu...

— Plus que ma vie et que Dieu me foudroie sur place si je ne dis pas la vérité.

Et pour donner plus de poids à ses serments, contrairement aux autres soirs, elle ne tourna pas le dos à son mari qui prit son plaisir entre ses cuisses avec la délicatesse d'un vieux taureau essoufflé.

L'attitude d'Iseut rassura complètement le roi Mark qui, du coup, annula son séjour en terre bretonne. Nouvelle qui, bien sûr, déçut au plus haut point le comte Kariado. Quant au bouffon, il en fut quitte pour quelques horions* de la part du roi.

— Les étoiles ont menti, espèce d'avorton effronté. Tes prédictions ne valaient pas un faux-besant*. Gare à toi la prochaine fois que tu médiras de dame Iseut !

Sentant le danger et peu confiants d'être capables de résister au désir tant qu'ils vivraient si près l'un de l'autre, Tristan et Iseut décidèrent de se séparer pendant quelques mois. *Loin des yeux, loin du cœur*, dit la sagesse populaire. L'absence réussirait peut-être à refroidir le brasier de l'amour et à en transformer les cendres chaudes en une douce amitié.

120

Un matin, Tristan annonça donc qu'il retournait en Loonois, le pays de ses ancêtres, afin d'y relever le château de son père et d'y construire une belle chapelle avec deux gisants de marbre à l'image de ses parents, Rivalen et Blanchefleur.

Le roi Mark ne s'opposa pas à ce départ et il donna même à son neveu une bourse remplie d'or pour payer une partie des travaux. Iseut approuva cette décision en apparence et, tout comme le roi Mark, elle lui fit ses adieux devant toute la cour en lui donnant sur les lèvres le baiser de paix.

Tristan au loin, Iseut à sa tapisserie, la vie, cet hiver-là, sembla s'être retirée de Tintagel. Il faisait très froid. On avait aperçu des loups aux portes de la ville. Le roi Mark, assis sur sa chaire* et les pieds sur les chenets, restait de longues heures silencieuses aux côtés d'Iseut qui, rêveusement, suivait la danse des flammes dans la cheminée.

Les mois passèrent. Aux cris rauques des corbeaux se disputant quelques charognes, succédèrent ceux des canards sauvages piquant vers le nord. Bientôt, les arbres furent en fleurs, et Iseut prit l'habitude de passer ses journées dans le jardin attenant à ses appartements. Elle affectionnait tout particulièrement un banc de pierre, à l'ombre d'un grand pin, au pied duquel coulait une fontaine. Lieu de repos et de paix qui lui rappelait ces lais bretons dans lesquels on parlait d'un verger merveilleux où les amants enlacés ne vieillissaient jamais.

Là, à l'abri des regards indiscrets, elle pouvait s'abandonner à son désespoir et maudire le ciel qui semblait vouloir prolonger l'exil volontaire de Tristan en terre lointaine.

Ce qu'elle ignorait, évidemment, c'était que Tristan, incapable de vivre plus longtemps loin d'elle, avait quitté depuis longtemps le Loonois tout en jugeant plus sage de ne point paraître immédiatement à la cour du roi. Il savait en effet que le comte, le bouffon et bien d'autres avaient juré leur perte. Il fallait donc redoubler de prudence et de ruse.

Encore une fois, il fit appel à Brangien, l'éternelle complice de leurs amours.

Chaque matin, Brangien venait puiser à la fontaine un vase d'eau fraîche pour la toilette de sa maîtresse. Tristan saisit ce moment pour lui faire part de son retour et du stratagème qu'il avait imaginé afin de revoir

Iseut sans risque. Quand il aurait envie de coucher avec la reine, il laisserait flotter sur l'eau un petit bout d'écorce en forme de cœur sur lequel il écrirait un message. Brangien l'emporterait dans son aiguière d'argent. Si la voie était libre, Iseut garderait le petit cœur d'écorce. S'il y avait, au contraire, un danger quelconque, Brangien émietterait celui-ci et laisserait les débris flotter sur l'eau.

Toute à la joie de revoir bientôt son amant après s'être languie de lui depuis tant de mois, Iseut recommença, hélas, à perdre toute prudence. Si bien qu'au lieu de s'en remettre à la sage Brangien et au signal convenu, elle se rendit vingt fois par jour à la fontaine pour voir si son amant souhaitait qu'ils se vissent. Sur ces entrefaites, le roi Mark décida d'aller chasser un grand loup-cervier qui avait tué trois bergers et égorgé une vingtaine de brebis. L'occasion lui sembla donc idéale. Mais, toujours aussi fureteur, le nain Frocin ne tarda pas à conclure, à la vue de la soudaine fébrilité de la reine, que le beau Tristan devait être secrètement revenu dans les parages. Il prévint aussitôt le comte et se chargea de mettre la puce à l'oreille du roi.

— Sire, un malheur vous menace de nouveau. La nuit dernière, j'ai vu une comète illuminer le ciel et passer au-dessus du jardin où dame Iseut a coutume de se reposer. Si j'étais vous, majesté, je renoncerais à ma chasse et je veillerais sur la reine qui est en grand danger.

— Mais qui la menace? Parle!

— Vous serez courroucé si je vous le dis.

— Nenni*. Sur ma foi, je ne me fâcherai point. Cesse de faire le chattemite*!

— Les astres désignent votre neveu.

— Mais Tristan est au loin et c'est mon plus dévoué chevalier.

— J'ai lu dans les étoiles qu'il viendra ce soir en cachette et qu'il rencontrera la reine dans son jardin. La reine est jeune et belle. Il a le sang bouillant et il plaît aux femmes...

Le roi ne le laissa pas achever son discours. Le regard sombre, il se leva et alla décrocher son arc de coudrier ainsi que son carquois.

— Si tu dis vrai, je les tuerai de ma main. Par contre, si tu as menti, je te ferai coudre dans un sac et jeter à la mer.

Le soir vint. Iseut avait cueilli le matin même un cœur d'écorce dans la fontaine et, depuis une heure, à la clarté de la lune, elle attendait Tristan. Le roi Mark était parti à la chasse, sonnant du cor et galopant derrière ses chiens. Il n'y avait donc rien à craindre.

L'air était doux et la nuit d'une telle clarté que l'eau de la fontaine brillait comme un miroir. Iseut trempa le bout de ses doigts dans l'onde et vit sa propre image qui s'y reflétait. Elle agita les doigts. L'image se défit. Elle recula légèrement. Peu à peu, l'étendue liquide redevint lisse et, tout à coup, elle vit à sa surface se former un nouveau visage, masque grimaçant de vieillard dans lequel elle reconnut avec horreur les traits du roi Mark.

Elle crut d'abord à une hallucination. Puis elle comprit. Son mari, grimpé dans l'arbre, juste au-dessus de la fontaine, était en train de la surveiller. Glacée d'horreur, elle n'osait plus faire un seul geste, d'autant que, l'espace d'une seconde, il lui avait semblé apercevoir entre les mains du roi un arc et une poignée de flèches bien empennées.

Terrifiée, Iseut pouvait aisément imaginer la suite. Dès que son amant paraîtrait, il s'écroulerait, un dard mortel planté en plein cœur.

Complies* sonnèrent. Tristan, qui venait d'escalader les pieux entourant le jardin, s'avança d'un pas souple et, dès qu'il aperçut

Iseut, il se précipita vers elle, étonné qu'elle-même ne se jetât pas dans ses bras.

Or, Tristan était un fin chasseur et un guerrier aux sens plus aiguisés que ceux d'un faucon. Un craquement de branche, une ombre sur le sol, la légère vibration d'une corde qui se tend... il pressentit immédiatement le danger. Le visage livide d'Iseut ne fit que confirmer ce sentiment. Distante, presque hautaine, elle lui intima d'un seul regard l'ordre de ne pas s'approcher d'elle. Il ouvrit la bouche. Elle mit son doigt sur ses lèvres pour lui signifier de se taire.

Il comprit qu'ils étaient espionnés et décida lui aussi de jouer le jeu.

— Ma reine, grâces vous soient rendues, je vous suis infiniment reconnaissant de bien vouloir me rencontrer à une heure si tardive.

— Vous avez raison, ce rendez-vous en pleine nuit est insensé. Voulez-vous ma mort? Dois-je vous rappeler qu'une armée de félons a juré ma perte et ne cesse de répandre les pires vilénies sur moi, jusqu'à oser prétendre que vous et moi sommes amants.

— Hélas! je le sais, madame. C'est même la raison pour laquelle je me suis volontairement exilé d'ici.

— Oui, quel triste sort que le nôtre ! Pourtant, vous, mieux que quiconque, savez que je chéris le roi Mark et que, si j'ai de l'amitié pour vous, c'est parce que vous êtes de son lignage et qu'une bonne épouse se doit d'aimer tous les membres de sa famille.

— C'est justement à cette généreuse amitié que je fais appel. Je vous supplie d'intercéder en ma faveur auprès de mon oncle. Dites-lui que je ne peux souffrir qu'il soit irrité contre moi. Rappelez-lui, s'il le faut, que c'est moi qui ai rendu possible son mariage.

— Sire Tristan, que me dites-vous là ! Oubliez-vous que sur cette terre, je suis une étrangère entourée d'ennemis. Prendre votre défense serait donner à ceux-ci de nouvelles armes contre moi. D'ailleurs, le seul fait d'être ici avec vous, à cette heure, me met déjà en grand danger. Que penseraient ces chiens s'ils me voyaient ainsi en votre compagnie alors que mon mari est à la chasse et que vous-même devriez vous trouver au-delà des mers ? Je risque tout bonnement le déshonneur et vous aussi. Adieu, Tristan, je ne puis demeurer plus longtemps.

— Attendez ! Dame Iseut ! Vous avez raison. Puisqu'il en est ainsi, je vais repartir et cette fois, ce sera pour toujours. Embrassez mon oncle pour moi.

— Et où irez-vous, messire? Retournerez-vous en Loonois?

— Non, le pays que j'ai parcouru il y a peu n'est plus qu'un désert. Je n'ai plus rien. Pas même de quoi nourrir mon destrier ni payer mon hôtellerie. Je demanderai mon congé au roi. Ensuite, j'irai à l'aventure et me ferai chevalier errant. À moins que je n'aille rejoindre le roi Arthur qui, dit-on, veut retrouver le Très-Saint-Graal*. S'il plaît à vous, madame, ne m'oubliez pas dans vos prières!

— Que Dieu vous accorde grâce et miséricorde, sire Tristan!

La ruse réussit au-delà de toute espérance. Une fois Tristan disparu, Iseut s'attarda au jardin, juste pour faire souffrir un peu plus le pauvre roi Mark qui, perché sur son arbre, commençait à être ankylosé et poussait de longs soupirs qui exprimaient à la fois ses regrets et son extrême lassitude.

Enfin, elle regagna ses appartements et, quand le roi Mark la rejoignit un peu plus tard, courbatu et tout dépité, elle ne put s'empêcher de sourire en feignant d'être surprise par le retour hâtif de son mari.

— Seigneur, la chasse a-t-elle été bonne? Vous ai-je dit qu'en votre absence, votre neveu Tristan est venu me demander de l'aider à obtenir le pardon des crimes qu'il n'a même pas commis. Je lui ai dit que je ne pouvais rien pour lui, car, en cette cour, trop de méchantes gens avaient votre royale oreille.

Le roi Mark n'insista pas et, fût-il ou non convaincu de l'entière innocence de Tristan, il le fit chercher dès le lendemain et le serra très fort dans ses bras.

— Faisons la paix, mon neveu. Tu peux également embrasser ta tante Iseut. Elle a bien plaidé ta cause.

Iseut s'y prêta de bonne grâce.

Quant au comte Kariado et au nain Frocin, comme par hasard, ils étaient introuvables. Le premier avait regagné ses terres et s'était enfermé dans son castel le mieux fortifié. Le second avait deviné, sans même regarder la voûte céleste, qu'il valait mieux pour lui enfourcher sa mule et trotter au plus vite vers le Pays de Galles en attendant que s'apaise la colère du roi.

Pendant quelques mois, un bonheur presque parfait régna à Tintagel. De nouveau, Tristan était reçu dans la chambre des dames en compagnie d'Iseut et de ses suivantes. Le roi Mark, confiant dans la vertu de son épouse, n'y voyait aucun mal et en profitait pour se livrer désormais sans retenue à son passe-temps favori : la chasse.

En apparence, la vie avait repris son cours normal, comme un fleuve tranquille regagne son lit après des crues dévastatrices.

Vint l'été et ses lourdes chaleurs qui électrisent les corps en sueur et empêchent de trouver le sommeil. L'été avec ses éclairs qui zèbrent la nuit, ses coups de tonnerre qui ébranlent les murs et font espérer la pluie qui ne vient jamais. L'été si semblable à l'amour qui vous assoiffe et vous torture dans son splendide embrasement.

C'est au cours d'une de ces journées torrides que le poison de l'amour se raviva dans les veines de Tristan et Iseut et rouvrit leurs douces blessures. Regards à la dérobée, caresses furtives, rires nerveux, frémissements soudains, dès qu'ils étaient près l'un de l'autre, le trouble qui les saisissait échappait à leur contrôle et leur attirance mutuelle s'étalait en toute impudeur aux yeux de chacun.

Comme bien des maris bafoués, le roi Mark restait aveugle à tout cela ou ne voulait rien voir, trop heureux de se croire

130

aimé. D'ailleurs, il se sentait si bien qu'il se fit débonnaire et, pour se conforter dans l'idée que plus rien ne pouvait désormais troubler son bonheur, il rappela le comte Kariado à la cour et accorda même son pardon à l'infâme Frocin.

Erreur fatale, car dès leur retour à Tintagel, les deux odieux personnages reprirent leurs manigances. La seule différence fut que, cette fois, leurs attaques devinrent plus sournoises et visèrent le roi lui-même.

Le bouffon prit le parti de tourner en dérision la grande naïveté du souverain. Il fit courir le bruit que, si ce dernier n'enlevait jamais sa couronne et ne paraissait jamais tête nue, c'était qu'il avait des oreilles d'âne qu'il s'efforçait de dissimuler. Bientôt, tous les bateleurs du royaume prirent la relève et se moquèrent à leur tour du roi, le présentant comme un balourd et un cocu majestueusement empanaché.

Le roi Mark était peut-être crédule mais il n'était pas stupide. Il remarqua l'irrespect grandissant de son peuple et commença à s'en inquiéter.

— Pourquoi les gens rient-ils sur mon passage ? Et que signifient les gestes obscènes que ces commères viennent de me faire ?

— C'est sans doute que vos sujets sont heureux de vous voir ! répondit le bouffon.

— Quant à ces femmes, ironisa le comte, elles doivent vanter vos qualités de chasseur et évoquer le grand cerf que vous tuâtes la semaine passée et qui portait au front des bois si impressionnants.

À force d'essuyer ce genre de moquerie et d'écorne*, le roi Mark vit se réveiller en lui un mal plus insidieux et plus dévorant encore que le mal d'amour : la jalousie.

Alors, il se mit une fois encore à écouter les insinuations des ennemis de Tristan et Iseut.

— Votre épouse est jeune, majesté, et votre neveu est fort bel homme. On les voit toujours ensemble. Pourquoi ne voit-on jamais Tristan en commerce galant avec une autre femme ?

Ils firent tant et si bien que non seulement le roi Mark leur prêta l'oreille, mais encore qu'il accepta leur suggestion de faire tomber les amants coupables dans un traquenard afin de les démasquer une fois pour toutes.

Ce piège fut tendu au lendemain d'une grande chasse à laquelle avait participé Tristan et qui avait failli tourner au drame. En effet, le roi Mark avait débusqué un gigantesque sanglier qui, rendu furieux par les coups d'épieu et les flèches dont ses flancs étaient hérissés, s'était mis à charger la monture royale. Sous le coup, le roi avait été désarçonné et la bête furieuse s'apprêtait déjà à le fouailler de ses énormes boutoirs, quand Tristan avait empoigné l'animal à bras-le-corps et l'avait renversé. Le combat avait été féroce et le sanglier, avant d'être saigné à mort, la gorge tranchée, avait largement ouvert la cuisse de Tristan. Une balafre suffisamment grave pour qu'on ramène le blessé au palais et qu'on demande à une servante de lui recoudre la plaie qui n'arrêtait pas de saigner.

Le jour suivant, le roi Mark, sur les conseils des deux félons, fit venir Tristan.

— Mon neveu, je t'ai fait grand tort en doutant de ta loyauté. Beaucoup de méchantes gens travaillent contre toi et veulent salir la réputation de dame Iseut. Je pense qu'à travers toi, c'est moi qu'ils veulent atteindre. Ce soir, tu coucheras donc dans ma chambre avec tes armes et tu veilleras sur notre repos. Si d'aventure des lâches veulent attenter à ma vie, ou à celle d'Iseut, tu nous défendras l'épée à la main, comme tu le fis hier contre ce méchant sanglier.

Tristan ne manqua pas de se réjouir de cette faveur insigne lui confirmant qu'il était revenu dans les faveurs de son oncle comme au temps béni qui précéda le fatal voyage en Irlande. Le plus triste d'ailleurs, c'était que Tristan souffrait réellement de tout ce climat de méfiance et de trahison où l'amour l'avait entrainé et qui était si éloigné des vertus et de la droiture du chevalier qu'il avait déjà été.

Cela explique sans nul doute la facilité avec laquelle les deux amants tombèrent dans la chausse-trappe imaginée par Frocin.

Le plan du nain était fort simple. Comme signe supplémentaire de son affection retrouvée, après souper, le roi Mark devait avertir Tristan qu'il l'envoyait en ambassade à Carduel chez le roi Arthur. Puis, le soir même, à minuit, une fois tout le monde couché, il devait se lever, prétextant des maux de ventre. Tristan et Iseut se retrouveraient donc seuls dans la chambre et il y avait fort à parier qu'aiguillonnés par l'imminence de leur séparation toute proche, ils en profiteraient pour se rejoindre et faire l'amour. Restait à prouver que Tristan avait bien quitté son lit pour aller s'ébattre dans la couche royale. Le bouffon avait eu une idée proprement diabolique. Il était allé chez un boulanger acheter un sac de fleur de farine et avait répandu un fin nuage de poudre blanche sur le plancher de la chambre du roi. À la lecture des traces de pas qui s'y imprimeraient, on pourrait aisément découvrir si un intrus était allé braconner sur les propriétés du roi Mark.

Ainsi fut-il fait. Tant et si bien que, ce soir-là, vers minuit passé, comme prévu, Tristan et Iseut se retrouvèrent seuls dans la grand-chambre.

Lui ne dormait point. Elle non plus. Il faisait une chaleur moite et chacun d'eux avait repoussé draps et courtines si bien qu'ils étaient nus, respirant très fort.

Tristan résista aussi longtemps qu'il put aux appels silencieux d'Iseut, mais, enivré par les parfums qui flottaient dans l'air, à la fin il céda et appela à voix basse :

— Dormez-vous ?

— Non. Venez! répondit Iseut, la voix nouée d'émeuvement*.

Il se leva sans bruit et c'est à ce moment qu'il remarqua la farine qui recouvrait le sol et l'isolait de l'objet de son désir comme sur une île.

— Qu'attendez-vous ? gémit Iseut.

Tristan avait compris la ruse. Il estima la distance qui séparait sa paillasse du grand lit de chêne où Iseut était couchée. Il plia les genoux et, d'un bond prodigieux, il rejoignit son amante qui aussitôt lui enlaça le cou et le renversa sur elle.

Le chevalier étouffa un cri de douleur.

— Qu'avez-vous?

— Ce n'est rien, ma mie. Rien du tout! souffla Tristan en enlaçant Iseut dont le corps chaud ondulait sous lui.

En fait, il mentait. Ce n'était pas rien et, lorsque la vague de plaisir se retira de lui, Tristan ressentit de nouveau une brûlure insupportable dans le haut de la jambe. Il porta la main à sa cuisse. Elle dégoulinait de sang. En sautant d'un lit à l'autre, la large entaille faite par le sanglier s'était rouverte et le liquide chaud avait maculé de rouge une bonne partie des fourrures et des draps de lin.

Iseut, elle, n'avait rien remarqué. Les sens apaisés, elle sommeillait, sa belle tête blonde posée sur la poitrine de Tristan.

Soudain, un bruit de pas accompagné d'un cliquetis d'arme se fit entendre dans le couloir menant à la chambre.

— Le roi! Vite, sauvez-vous! s'écria Iseut.

Sans une seconde d'hésitation, Tristan prit son élan et sauta de nouveau avec agilité du lit à sa couchette, près de la porte. Mais, dans l'effort, il ne put empêcher sa blessure de saigner abondamment, arrosant au passage la mince couche de farine recouvrant le sol qui s'étoila de petites taches rouges.

La porte s'ouvrit avec fracas et le roi entra, suivi du bouffon, du comte Kariado et de deux gardes.

Tristan et Iseut se tinrent cois, semblant être plongés dans un paisible sommeil. Le bouffon se saisit d'une torche et éclaira le plancher et le lit royal maculé de sang.

— Regardez, sire! Vous vouliez une preuve de la félonie de votre neveu : la voici.

Aussitôt, sur un geste du roi Mark, les gardes se jetèrent sur Tristan et le garrottèrent comme un voleur. D'autres hommes en armes firent irruption et ligotèrent la reine qu'ils jetèrent comme un vulgaire fagot aux pieds du roi.

— Pitié! sanglota-t-elle. Pitié!

Les poignets attachés dans le dos, Tristan se débattait comme un enragé et, d'un violent coup d'épaule, il bouscula ses gardiens pour se camper devant le roi Mark qui s'apprêtait à quitter la pièce.

— Oui, pitié pour elle, mon oncle. C'est moi qui ai abusé d'elle. Châtiez-moi. Je suis le seul coupable.

Mais le roi Mark resta sourd à toutes leurs prières.

— Emmenez-les! Demain, ils seront brûlés vifs sur la place du marché.

Et pendant qu'on emportait brutalement les prisonniers, le bouffon chantait en agitant sa marotte et en faisant sonner tous les grelots de son bonnet.

— Oui, oui! Qu'ils rôtissent en enfer et que le vent disperse leurs cendres!

La nouvelle de l'arrestation de la reine et du neveu du roi se répandit à la vitesse de l'éclair, suscitant deuil et cris de révolte au sein du peuple de Cornouaille qui était depuis longtemps tombé sous le charme de la belle Iseut et vénérait le chevalier Tristan, vainqueur du terrible Morholt et tueur de dragon. La groigne* face à la décision royale grandit encore lorsque les soldats de Mark arrivèrent sur les lieux du supplice et commencèrent à creuser une fosse au fond de laquelle ils entassèrent des sarments et des branches d'épines sèches qui devaient alimenter le bûcher au sein duquel devaient être précipités les malheureux amants. Plusieurs matrones lancèrent même des pierres aux hommes du château.

— Justice! Justice! hurlaient les plus hardis. Qu'on fasse au moins un procès à messire Tristan et à dame Iseut! Honte au roi Mark!

Ces manifestations se poursuivirent une partie de la nuit. Il y eut des blessés. Le roi Mark resta de marbre, si bien que le lendemain, lorsque Tristan parut, chargé de chaînes comme un simple larron, la foule attroupée le long des rues devint carrément agressive, forçant les soldats à repousser les plus agités avec la hampe de leurs lances ou le poitrail de leurs chevaux.

Pieds nus et en simple chemise, Tristan conservait son air digne et quand il passait, les femmes et les enfants pleuraient.

Or, juste avant d'arriver à la place du marché, sur un promontoire dominant la mer, une petite chapelle dédiée à Notre-Dame-du-Bon-Secours était érigée. Tristan se tourna vers le sergent d'armes qui l'escortait avec une douzaine de gardes en armures d'écailles d'acier.

— Avant que je meure, me permettrez-vous de prier Dieu pour le salut de mon âme éternelle?

Le militaire hésita un moment puis approuva, se disant que de toute façon la petite église n'avait qu'une seule issue et qu'il ne pouvait, en bon chrétien, refuser une telle grâce à un homme si brave. Il fit donc délier son prisonnier et le laissa entrer dans le lieu saint.

Or, Tristan connaissait fort bien cet endroit pour y avoir souvent prié la Vierge de lui pardonner ses coupables amours et son éloignement de l'idéal chevaleresque. Il savait que la verrière au-dessus de l'autel, à force d'être battue par le vent du large, n'était plus très solide. D'un bond, il sauta sur le bord de la fenêtre et, d'un solide coup de pied, la fit voler en éclats.

En contrebas, les vagues se brisaient au bord de la falaise. Il spécula sur ses chances : une hauteur d'au moins dix toises ! Le saut était périlleux mais avait-il le choix ? Il se lança donc dans le vide en criant :

— Dieu m'ait en sa sainte garde !

Nul ne sait si cette prière fut entendue, mais toujours est-il qu'à ce moment précis une rafale de vent s'engouffra dans les vêtements du chevalier et amortit si bien sa chute qu'il atterrit sans même se blesser sur une roche plate.

À la porte de l'église, le sergent commençait à s'impatienter et, après avoir cogné plusieurs fois à l'huis*, il ordonna qu'on enfonce celui-ci.

Stupeur, la chapelle était vide.

— Miracle! s'écria le peuple qui avait lui aussi envahi le sanctuaire.

Pendant ce temps, en longeant la grève au pied de la falaise, Tristan avait regagné discrètement le château, bien décidé à délivrer Iseut. Il s'y glissa en escaladant le grand pin sous lequel il avait connu tant de joie dans les bras de la reine. C'est là qu'il retrouva par hasard la fidèle Brangien.

— Sais-tu où ta maîtresse est enfermée?

— Elle est au cachot et trop bien gardée pour que vous puissiez tenter quoi que ce soit.

— Tant pis, je mourrai de belle manière en essayant de la sauver.

Brangien qui, après l'arrestation, avait conservé les armes de Tristan lui apporta son haubert et son épée. Puis, tout en l'aidant à s'équiper, elle s'efforça de le calmer.

— Croyez-moi, messire Tristan, attendez une occasion plus propice. À cette heure, les soldats l'on déjà tirée de sa geôle et la charrette des condamnés est en route pour l'endroit que vous savez.

Tout en bouclant son ceinturon, Tristan remercia Brangien de ses sages conseils.

— Je ferai comme tu as dit. Je vais me mettre en embuscade sur le chemin et prier Dieu qu'il m'assiste.

Au même moment, Iseut, toujours aussi belle dans sa chainse* blanche, ses longues tresses descendant jusqu'à ses pieds, était conduite au bûcher, debout dans un tombereau de fumier. Spectacle navrant! À chaque cahot, la pauvre, les poignets attachés dans le dos et les mains en sang, manquait de perdre l'équilibre.

Cette attitude pleine de dignité ne pouvait faire autrement qu'émouvoir le bon peuple qui s'écartait sur le passage du sinistre cortège. À plusieurs reprises, on entendit crier: «Merci*! Merci pour la reine. Une telle beauté ne peut cacher une âme si noire! Qu'on la mette au couvent, mais qu'on la laisse vivre!»

Une fois encore, les hommes d'armes durent faire reculer les gueux et les gueuses à grands coups de pommeau d'épée sur le crâne et de lance dans les reins. Pendant tout le parcours, Iseut ne broncha pas mais, quand la charrette brinquebalante déboucha sur la place et quand elle aperçut le bourreau devant le bûcher, une torche à la main, un long frisson d'horreur et des larmes coulèrent le long de ses joues.

Le roi Mark était là aussi. Bien installé sur une estrade, au milieu de ses barons. Penché vers son bouffon, il riait à gorge déployée.

À la vue de la reine, tout le monde se tut.

Le comte Kariado, qui était demeuré en retrait derrière le trône royal, sentit immédiatement que ce silence constituait une menace. C'était le silence qui précède les tempêtes et pousse la populace à l'émeute. Il fallait agir vite. Il échangea alors quelques mots avec le nabot damné qui hocha la tête. Ensuite, il s'avança dans la loge d'honneur pendant que les flammes du bûcher prenaient de la force et commençaient à se tordre vers le ciel comme d'immenses serpents de feu.

— Sire, dit le félon, je vous en implore. Grâciez la reine !

Le roi Mark le dévisagea, tout ébaubi*.

— Vous, baron ? C'est vous qui me demandez d'épargner dame Iseut ! Vous avez perdu l'esprit !

Le comte Kariado réprima un sourire et pointa du doigt un groupe qui se tenait à l'écart de la foule massée sur la place.

C'étaient des lépreux : êtres maudits cachés sous leurs guenilles. Ils étaient bien cent, tous plus horribles les uns que les autres. Les paupières enflées, les yeux sanguinolents, les chairs pourries et les membres difformes, appuyés sur leurs béquilles et agitant leurs cliquettes* pour éloigner ceux qui s'égaraient trop près d'eux.

— Voyez ces misérables, reprit Kariado. Nulle femme ne veut d'eux. Donnez-leur Iseut et ils en feront une des leurs. Elle vivra dans leur bauge. Elle partagera leur écuelle, couchera sur leur grabat immonde et subira leur contact répugnant. Ainsi, vous satisferez ces canailles et vous aurez en même temps votre vengeance en infligeant à l'épouse dévergognée* une mort lente, plus terrible encore que celle que vous lui réserviez.

Le roi fut choqué par la cruauté sans nom de ce châtiment. Cependant, moitié par faiblesse, moitié par dépit amoureux, il accepta cette solution.

Iseut, lorsqu'elle vit qu'au lieu de la jeter dans les flammes on la poussait vers les lépreux, se débattit de toutes ses forces, implorant :

— Non, non ! Je vous en supplie. Je préfère mille fois être brûlée vive ! Pitié ! Pitié ! Monseigneur, n'avez-vous pas de cœur ?

Touché, le roi Mark se voila la face, mais il laissa les choses aller.

Iseut fut donc remise entre les mains sans doigts et couvertes de bandelettes souillées du chef des ladres*, un certain Yvain, qui dissimulait son visage affreux couvert de gales et d'ulcères purulents sous un ample capuchon.

144

Iseut eut beau se débattre, le reste de la foule hurler son indignation, les lépreux emportèrent la reine tout en agitant leurs cliquettes et en clopinant au milieu de la populace qui reculait de peur d'être contaminée.

Non loin de là, armé de pied en cap et dissimulé au plus touffu d'un roncier, Tristan avait observé toute la scène. Brangien lui avait également amené son cheval.

Il était prêt.

Il attendit que le cortège des lépreux ait atteint la forêt, puis il enfourcha son destrier et empoigna une solide masse d'armes. Quand il rejoignit l'horrible bande de monstres, ceux-ci faisaient déjà cercle autour d'Iseut et s'accrochaient à elle avec leurs restants de membres, déchirant sa robe et lui palpant les seins avec des grognements bestiaux, prêts à se battre entre eux pour savoir qui la posséderait le premier et dans quel ordre ils pourraient assouvir sur elle leurs dégoûtantes envies.

La massue levée, Tristan fondit sur eux.

— Gare à vous! Je ne vous veux point de mal, mais vous ne toucherez pas à cette femme! Arrière! Arrière!

Yvain, le chef de ces misérables, ne l'entendait pas ainsi et, de sa bouche gâtée et puante, il rameuta ses compagnons d'infortune qui se précipitèrent sur Tristan, bâtons à la main et béquilles levées.

Le combat fut longtemps indécis, car les mésels* défendirent leur proie comme des chiens sauvages leur os. Quant à Tristan, il lui répugnait de frapper des infirmes, aussi repoussants fussent-ils. Il décida de concentrer ses coups sur le meneur dont il fracassa le crâne d'un coup de sa masse. Aussitôt les autres s'égayèrent comme une volée de corbeaux.

Écœuré, Tristan jeta au loin son arme souillée de lambeaux de cervelle, puis il souleva Iseut, évanouie, et l'installa sur son coursier avant de monter lui-même en selle. Un double coup d'éperon et il partit au galop, tenant toujours son amante étroitement embrassée. Tant il chevaucha tout le jour et une partie de la nuit qu'il arriva aux confins du royaume, en une région rude et déserte, couverte d'arbres immenses, appelée la forêt de Morois, une forêt si touffue qu'elle semblait remonter à l'origine du monde. Tristan jugea alors que nul ne le poursuivrait aussi loin. Sitôt descendu de cheval, il alluma un feu et coucha sa bienaimée encore évanouie sous un abri de branchages tapissé de rameaux de sapin.

VI

La forêt de Morois

uand le roi apprit que Tristan n'était pas mort et qu'il s'était enfui avec Iseut, il entra dans une grande fureur, promettant cent marcs* d'or à qui lui rapporterait les fugitifs, morts ou vifs. Tout le long du jour, on l'entendit rugir d'un bout à l'autre du palais et quand, par hasard, il tomba sur le bouffon, il le saisit par le cou et le souleva de terre.

— Qu'as-tu à dire, misérable avorton ? À cause de toi, j'ai perdu ma femme, mon neveu et l'estime de mon peuple. Voilà où m'ont mené tes conseils.

Le nain, à demi étranglé, bafouilla :

— C'é... c'é... c'était écrit dans les étoiles !

— Et ça, l'avais-tu lu aussi dans le ciel, gronda le roi Mark en tirant son épée et en envoyant rouler la tête du bouffon sur les dalles de marbre de la salle du trône. Coup si soudain que, lorsque le chef de Frocin s'immobilisa, il ouvrait encore de grands yeux étonnés.

Dans sa folie meurtrière, le roi Mark voulut ensuite se jeter sur le comte Kariado, mais celui-ci esquiva l'attaque et appela à la rescousse les chevaliers de sa maisnie* qui aussitôt lui firent un bouclier humain.

Retenu par ses gardes, le roi se calma quelque peu et gronda entre ses dents :

— Comte, quittez ma maison sur-le-champ où il vous en cuira à vous aussi !

Ensuite, il se tourna vers un de ses écuyers qui avait assisté à la scène, horrifié.

— Toi, enleve-moi cette charogne et jette-la aux pourceaux. Morte la bête, mort le venin !

Pendant ce temps, Tristan et Iseut, loin du monde, perdus en plein bois, en étaient réduits à vivre comme des animaux. Les

148

premiers mois, ils mangèrent des herbes et des racines, cueillirent des baies, dormirent au creux des rochers ou sur la terre déjà durcie par le gel. Pourtant, malgré la rudesse de leur existence, ils étaient heureux, car, pour la première fois, ils pouvaient dormir dans les bras l'un de l'autre sans aucune crainte.

Tristan qui, dans sa jeunesse, en compagnie de Gorneval, avait vécu comme un sauvage, était bien sûr mieux adapté à ce genre de vie. Très vite, il prit possession de la forêt comme si elle était son propre royaume. Aussi malheur à quiconque y pénétrait contre sa volonté.

Une fois seulement, un baron de Cornouaille, cousin du traître Kariado, s'y aventura à la poursuite d'un cerf. Tristan le décapita sans pitié et, en guise d'avertissement, cloua sa tête sur une croix à l'orée du bois. De ce jour, plus personne de la région, même pour tout l'or de l'Arabie, n'osa pousser au-delà de ce signal macabre que les habitants de la région baptisèrent la Croix-Rouge.

Bientôt, la forêt n'eut plus de secret pour Tristan. Il connaissait l'emplacement de toutes les sources, de toutes les tanières et de tous les ravages de grands cervidés. Il apprit à lire les empreintes laissées par les bêtes et, quand il s'amusait à imiter en sifflant le loriot, la mésange, le rossignol et les autres oiseaux, ceux-ci venaient se poser sur son épaule ou sur les branches de la hutte où Iseut se reposait.

Très vite également, il régla le problème de la nourriture. Un jour, en effet, il surprit un forestier endormi et lui vola son arc et sa pierre à feu. Cela lui permit dans la journée de tuer un chevreuil et quelques lièvres qu'il fit rôtir sur des broches de coudrier. Les jours suivants, il tua tant de gibier qu'il mit les quartiers de viande restants sur son cheval et gagna les montagnes où des bergers les lui échangèrent contre des miches de pain et du sel.

Bientôt, vêtu de peaux de bête et de braies comme un vilain, il devint un si habile chasseur qu'il put acheter chaudrons, couvertures de laine et outils pour bâtir une grossière cabane qu'il couvrit de chaume.

Iseut, par contre, bien qu'elle ne se plaignît jamais, endurait de plus en plus difficilement la solitude et les rigueurs de la vie dans la forêt. La robe en lambeaux, les mains toutes égratignées par les ronces et les épines des buissons, elle dormait mal, surtout lorsque les loups se mettaient à hurler à la lune ou lorsque l'orage secouait les murs de son pauvre logis.

Se sentant moins belle, elle se croyait moins désirable et devint moins ardente, allant jusqu'à repousser son amant, préférant dormir seule sur sa litière de foin et de joncs séchés. Cette détresse entraîna chez elle comme une maladie de langueur. Ne mangeant presque plus, elle maigrit et perdit ses généreuses rondeurs. Ne voyant plus personne, elle cessa de se laver et de peigner ses longs cheveux. Sans bal ni musicien, elle passait des heures à chantonner toute seule et à cueillir des fleurs dont elle se faisait des couronnes. Peu à peu, elle perdait la raison.

Pour la distraire, Tristan lui proposa d'aller rendre visite à leur seul voisin à vingt lieues à la ronde, un ermite du nom d'Ogrin qui habitait dans une vallée perdue et passait son temps entre la lecture des Saintes Écritures et la traite de quelques chèvres qui lui fournissaient lait et fromage.

Tristan, au cours de ses chasses, avait souvent rencontré le saint homme, qui accueillit les deux amants à bras ouverts.

Iseut, qui n'avait conversé avec personne d'autre que Tristan depuis des mois, éclata en sanglots et raconta tous ses malheurs.

— Nous sommes maudits, mon père. Depuis que nous avons bu le poison d'amour, notre vie est un enfer. Regardez en à quel état nous sommes réduits.

— Oui, je sais, mes pauvres enfants, répondit Ogrin. Votre vie est même en danger, car le roi Mark, à ce que j'ai ouï-dire, a promis une grosse récompense à celui qui vous livrerait. Veillez donc à ne point trop vous montrer.

Tristan fit un geste de défi.

— De toute manière, qu'importe la mort, si nous mourons ensemble! Et puis… ne sommes-nous pas déjà morts?

Le vieil homme regarda avec bonté les deux jeunes gens qui se tenaient la main et qui avaient l'air à la fois si unis et si tourmentés.

— Oui, d'une certaine manière, c'est vrai, vous êtes morts. En vivant dans le péché, vous vous consumez, et viendra le temps où il ne restera rien de vous.

— Vous êtes prud'homme*, que faire, mon père? se désola Iseut en tombant à genoux.

— Il faut lutter pour sauver vos âmes, mes enfants.

— Mais, mon père, je ne peux vivre sans Iseut, s'écria Tristan.

— Et moi sans Tristan, soupira Iseut.

— Alors, aimez vous dans l'honneur, sans avoir honte de vous-mêmes. Repentez-vous. Libérez-vous des rets* de cette folle passion et, si c'est au-dessus de vos forces, au moins aimez-vous par la pensée et renoncez à la chair. Élevez vos âmes et Dieu aura pitié de vous !

Cette conversation fit beaucoup de bien aux deux malheureux amants. Désormais, ils s'efforcèrent de considérer leurs souffrances comme un juste prix pour le rachat de leur faute et la transformation de leur amour en un sentiment plus pur et plus fort que l'attirance physique et les délices du plaisir charnel.

Ce nouvel état d'esprit et cette volonté de se mortifier leur fut salutaire et elle les aida à supporter les rigueurs de la mauvaise saison. Car après l'été vint l'automne et, avec lui, les premiers froids et le triste spectacle des arbres défeuillés. Lorsque le gibier commença à se faire plus rare, Iseut fit provision de noisettes, de pommes sauvages, de mûres et de cornouilles, pendant que Tristan, accroupi dans les ruisseaux, attrapait à la main des truites frétillantes et de grosses carpes paresseuses.

Puis la glace figea les lacs et la neige ouata la forêt. La pauvre Iseut, grelottante de froid, les lèvres bleues et les doigts gourds, commença à tousser et à brûler de fièvre.

Tristan s'en désolait. Il avait beau la serrer dans ses bras et la couvrir de fourrures, il n'arrivait pas à la réconforter. Il pensa demander l'hospitalité à l'ermite, mais ce dernier avait fait vœu de quitter le monde et, malgré toute sa bonne volonté, il ne pouvait héberger une femme sous son toit. Tristan chercha donc un meilleur abri et finit par trouver une grotte qui, d'après les crânes et les ossements qui la jonchaient, avait été habitée par les ours. Pendant trois jours, il besogna à la hache et au marteau pour en fermer l'ouverture et y ménager une porte. Puis il y transporta de chaudes peaux de mouton, une bonne réserve de bois et deux paillasses bourrées de feuilles de chataignier.

Ce fut leur logis pendant toute la saison des frimas. Une saison si dure et si froidureuse* qu'ils ne sortirent guère. À peine Tristan quittait-il leur refuge pour aller relever ses collets ou tenter de pêcher sous la glace. Quant à Iseut, à la longue, cette vie frustre, digne des temps anciens, finit par la transformer. Elle devint plus maigrelette mais aussi plus robuste et plus simple, se satisfaisant de petits bonheurs : le peigne de buis que Tristan lui avait taillé, l'écuelle qu'il lui avait sculptée, le manteau bordé de martre qu'elle était en train de coudre et dont elle était très fière, le crissement des pas de son bien-aimé dans la neige, la chaleur d'un bon feu odorant.

À force de vivre constamment côte à côte, comme de vieux époux, Tristan et Iseut s'étaient assagis. Leur amour avait perdu son caractère d'urgence et ses désirs fous. Il s'était arrondi et poli comme un galet que la mer a roulé très longtemps, et ce qu'il avait perdu en fougue, il l'avait regagné en tendresse.

Tristan et Iseut s'aimaient donc toujours mais différemment. Partager la même paix, se réchauffer corps contre corps, prier ensemble leur semblaient désormais plus agréable que de s'unir avec fougue en soufflant et en ahanant comme les bêtes qui les entouraient.

Il y avait une autre explication à cet apaisement du mal d'amour. Au bout de trois années, l'effet du sortilège contenu dans le vin herbé, bu sur la nef d'Irlande, avait tout simplement commencé à se dissiper. La nature du lien qui unissait les deux amants avait changé, les ramenant peu à peu à la condition humaine ordinaire, avec ses doutes, ses repentirs, l'usure du temps et la difficile obligation pour chacun de décider librement de son destin.

Plusieurs fois, l'ermite Ogrin vint leur rendre visite. Il discuta longuement avec eux. Ainsi, peu à peu, furent-ils amenés à l'idée qu'ils pourraient tout autant s'aimer si elle redevenait une épouse respectable et lui, le parfait chevalier qu'il avait été.

Plusieurs incidents vinrent d'ailleurs illustrer de belle manière qu'il est toujours possible de changer une vie de scandale et de tapage pour retrouver la voie de la raison.

La première de ces leçons fut fournie aux deux amoureux par la plus humble des créatures : un chien nommé Husdent.

À la cour du roi Mark, juste avant son arrestation et sa fuite, Tristan s'était pris d'affection pour un lévrier blessé que le grand veneur s'apprêtait à achever. Il avait soigné l'animal et celui-ci le suivait partout, posant sa truffe sur ses genoux, gémissant dans l'attente de ses caresses et aboyant de joie dès qu'il décrochait son arc pour aller chasser.

Lorsque Tristan disparut, Husdent cessa de manger et devint méchant. Il fallut l'attacher et le museler, ce qui ne l'empêchait pas de tirer nuit et jour sur sa chaîne au point d'avoir le cou en sang.

Un jour, à force de s'arc-bouter et de tirer sur ses liens, il finit par se libérer de son collier et se sauva, déboulant les escaliers, renversant tous ceux qui essayaient de lui barrer le chemin et emplissant tout le château de ses abois.

— Laissez-le aller, dit le roi Mark, ouvrez-lui les portes et suivez-le. Après tout, il est assez fou pour nous mener à Tristan.

Et, comme de fait, dès que la herse de la forteresse fut levée, le lévrier fila directement vers le bois, entraînant à sa suite plusieurs chevaliers, bacheliers* et écuyers, à la tête desquels le comte Kariado, qui avait retrouvé depuis peu les faveurs royales.

Et le brave lévrier courait, courait, ventre à terre, nez au vent, né s'arrêtant que pour flairer l'odeur de son maître avant de repartir avec des clabaudements de plus en plus joyeux à mesure qu'il se rapprochait de la forêt de Morois.

Tristan, qui était en train de dépouiller un lièvre pris au piège, l'entendit donner de la voix et le reconnut immédiatement. Il comprit aussi le danger, car il ouït en même temps, à l'orée du bois, des hennissements de chevaux et des cris d'hommes excités qui ne pouvaient être que ceux de chasseurs sur la piste d'une proie particulièrement importante. Il enfourcha son cheval et galopa dans le lit de la rivière afin de brouiller les pistes. Puis il sauta à terre et attendit dans les fourrés, sachant très bien que les traqueurs ne tarderaient pas à abandonner leurs recherches tandis qu'Husdent finirait bien par le retrouver.

Il ne s'était pas trompé. Blanc d'écume, le lévrier surgit bientôt et commença à fêter son maître. Il se roula à terre et ensuite, dressé sur ses pattes arrière, il lui lécha le visage.

Tristan lui caressa la tête.

— Du calme, le chien ! Allez, couché !

Husdent se remit à japper en remuant la queue.

Tristan lui ferma la gueule d'une poigne ferme.

— Veux-tu bien te taire !

Mais Husdent se débattait. À regret, Tristan dut lui lier les mâchoires à l'aide d'un lacet de cuir pour l'empêcher d'ameuter ses poursuivants.

Après avoir battu les broussailles et tourné en rond un bon moment, les hommes du roi Mark abandonnèrent les recherches, et Tristan revint à la grotte, Husdent sur les talons.

Iseut accueillit, elle aussi, le chien avec joie mais s'indigna :

— Pourquoi l'avoir muselé ainsi ?

— Parce que, ma mie, il aboie si fort qu'il risque d'attirer les gens de mon oncle qui l'ont suivi presque jusqu'ici.

— Pourtant il est si affectueux et si dévoué! Regardez-le.

— Je le sais. Hélas, je ne pense pas que nous puissions le garder.

— Que voulez-vous dire?

— Je crois que je vais devoir le tuer.

— Le tuer, parce qu'il vous aime trop! C'est insensé. Gardons-le avec nous. Je vous en prie. Il vous aidera à chasser et il me tiendra compagnie.

— Alors, il faudra qu'il apprenne à vivre avec nous en silence. Pour ne point vous chagriner, je veux bien tenter de le dresser.

Husdent, bien entendu, ne comprit pas tout de suite ce qu'on attendait de lui et les premiers jours, dès qu'une perdrix levait devant lui ou qu'un bruit insolite lui faisait dresser les oreilles, il ne pouvait s'empêcher d'aboyer et devenait tout piteux lorsque Tristan le punissait. Désorienté, il se mettait alors à gémir, la queue entre les jambes, et interrogeait son maître de ses grands yeux clairs.

Puis il s'habitua à chasser à la muette et non seulement il réussit à faire son travail de chien sans un bruit, mais encore il le fit mieux, car dorénavant il fondait sur les chevreuils sans crier gare et sautait à la gorge des lièvres sans que ceux-ci aient le temps d'esquisser un geste. Du coup, Husdent devint le compagnon fidèle et indispensable aux deux amants. Il dormait blotti entre eux, montait la garde, les suivait partout, protégeait Iseut et aidait si bien Tristan à la chasse qu'à la parfin il accumula une telle quantité de viande qu'il put de nouveau troquer celle-ci avec tous les forestiers et les bergers du pays contre des tissus, des chandelles et mille autres objets.

Cette année-là, le printemps fut si hâtif qu'on aurait dit que, d'un seul coup, la nature avait ôté le linceul blanc de l'hiver pour le remplacer par un manteau fleuri de mille couleurs. Le soleil faisait chanter sa lumière dans les sous-bois emplis de pépiements et de roucoulades d'oiseaux. L'herbe tendre embaumait le muguet et la violette. Bref, tout invitait à l'amour et, comme la sève monte dans les arbres qui semblent morts, Tristan sentit de nouveau le désir s'éveiller en lui.

Il lui suffisait, à la dérobée, de regarder Iseut se laver nue au bord du ruisseau pour se sentir soudain tout bouleversé.

Il fit part à son amie de cette humeur nouvelle et Iseut lui confia à son tour :

— Moi aussi, je sens en moi le feu de l'amour qui flamboie et je me languis de vous.

— Malheureux que nous sommes ! Tout l'hiver nous avons été si heureux ! Souvenez-vous de ce qu'a dit Ogrin, le saint homme. C'est dans la parfaite chasteté et la communion des âmes que l'amour atteint des sommets qui le mettent à l'abri de la méchanceté des hommes, lui assurant de vivre à jamais !

Leur raison approuvait, mais leurs yeux disaient le contraire. Plus ils luttaient, plus ils se sentaient irrésistiblement attirés l'un par l'autre.

Un jour, ils faillirent bien succomber à la tentation. C'était par une belle journée de mai. Tristan avait abattu un daim et s'en revenait, la carcasse de la bête sur les épaules. Husdent trottait devant lui. La chaleur était suffocante. Tristan s'arrêta dans une clairière entourée de trembles et tapissée de mousse. Il y faisait si frais qu'il s'y coucha et s'endormit. Ce fut Iseut qui le tira de ses songes. En voyant le chien revenir sans son maître, elle s'était vite inquiétée pour ce dernier et n'avait pu s'empêcher de partir à sa recherche.

La vue de Tristan, couché dans le plus total abandon, fit redoubler aussitôt l'ardeur contre laquelle elle se défendait depuis plusieurs jours.

Elle s'allongea à côté de lui, corps contre corps, tête contre tête, bouche contre bouche, s'efforçant de demeurer parfaitement immobile pour mieux goûter les réactions de Tristan endormi, Tristan dont elle sentait le désir et le souffle s'accélérer, Tristan qui, au premier effleurement des lèvres d'Iseut, s'écarta brusquement.

— Non, ma mie ! Il ne faut pas ! Si vous le voulez, dormons l'un à côté de l'autre, mais ne nous touchons pas. Jurons-le devant Dieu. Ah ! si Ogrin était là, certes, il trouverait mieux les mots que moi...

D'un geste, il ordonna à Husdent d'aller jusque chez l'ermite qui ne manquerait pas de deviner le danger qu'ils encouraient.

Le chien parti, Tristan sortit son épée et, avant de se recoucher auprès d'Iseut, il la planta en terre entre lui et elle, en ajoutant :

— Que cette épée nous protège de la tentation. Si je faillis à ma promesse prenez-la et tuez-moi ! Si c'est vous qui succombez au péché, je ferai de même !

Nul ne peut dire combien de temps ils restèrent ainsi étendus côte à côte. Des heures sans doute, et puis le doux murmure du vent et le bruissement du feuillage aidant, ils s'endormirent d'un sommeil profond.

Or, il advint que par hasard, le roi Mark chassait le cerf et que, par hasard, le cerf qu'il avait blessé avait fui si loin que la chasse du roi se retrouva aux abords de la forêt de Morois. C'est là que, toujours par hasard, un des rabatteurs du souverain tomba sur les deux dormeurs. L'homme les reconnut tout de suite. Il pensa à la rançon promise, mais il vit aussi l'épée plantée en terre. Prudent, il jugea qu'il valait mieux aller chercher du renfort et il rejoignit la troupe royale.

Le roi Mark l'écouta sans l'interrompre et prit un air sévère.

— Où sont-ils ?

— À deux bonnes lieues d'ici, dans la forêt de Morois, non loin de la Croix-Rouge !

— Et que faisaient-ils ?

— Sire, ils étaient ensommeillés*.

Le roi Mark, qui achevait de déjeuner, ceignit son épée et sella son meilleur cheval, puis il appela le chef de sa garde.

— Nous camperons ici, ce soir. Dressez les pavillons et allumez les feux. J'ai une affaire à régler, je ne veux pas qu'on me suive.

Ébahi, l'officier protesta et retint la monture du roi par le frein*.

— Mais, sire, il est d'usage que vous soyez toujours escorté.

Le roi fit un geste agacé et trouva le mensonge approprié.

— Je serai absent moins d'une heure. J'ai rendez-vous avec une pucelle comme je les aime… Écarte-toi.

L'officier s'écarta et le roi se tourna vers son valet de chiens*.

— Allez, nous avons assez perdu de temps, conduis-moi et je ferai de toi un homme riche. Par contre, garde-toi de dire un mot sur ce que tu as vu ou ce que tu verras.

Arrivé à la Croix-Rouge, le roi Mark sauta à terre et après s'être fait indiquer le chemin menant à la clairière, il pénétra seul dans la forêt, l'épée nue au poing. Il n'eut pas à chercher très longtemps. Le veneur n'avait pas menti. Tristan et Iseut étaient bien là, couchés ensemble dans la loge de feuillage. Le roi Mark s'attarda un long moment à les regarder. Il n'avait pas oublié le serment qu'il s'était fait à lui-même. S'il les retrouvait, il avait juré de les occire tous les deux.

Pourtant, maintenant qu'il était devant ces deux êtres contre lesquels il avait nourri de si sombres desseins, ce neveu rénégat et

164

cette femme infidèle, il se sentit comme paralysé. Quelque chose, en effet, l'empêchait de plonger son épée dans ces deux corps offerts sans défense. D'abord, il s'attendait à les voir nus et indécemment unis ; or, sur leur lit de verdure, vêtus de haillons, ils avaient l'air au contraire d'être séparés par une sorte de mur invisible dont le caractère inviolable était symbolisé par l'épée de Tristan enfoncée dans le sol.

Il se pencha sur le couple de dormeurs. Leur souffle était régulier et ils souriaient, innocents, comme deux enfants.

Alors, il eut pitié d'eux et les épargna. Néanmoins, pour qu'ils sachent bien qu'il les avait eus à sa merci, il voulut marquer son passage et semer l'émoi dans leur esprit.

Il commença donc par ôter l'épée de Tristan et la remplaça par la sienne, de manière à rappeler qu'il serait, lui aussi, toujours entre eux, aussi dur et tranchant que la lame de son arme. Puis il prit doucement la main d'Iseut au doigt de laquelle brillait une magnifique émeraude, cadeau de sa mère. Il en retira la bague et, à la place, y glissa celle qui ornait son propre annulaire. Enfin, comme un chaud rayon de soleil venait jouer à travers les branches sur le visage d'Iseut, il ne put s'empêcher de placer son gant dans le feuillage de telle manière qu'il fît de l'ombre, juste assez pour protéger la reine des ardeurs du soleil.

Une fois ce cérémonial achevé, il se retira sans faire craquer la moindre branche.

Tristan et Iseut dormirent encore plusieurs heures. Ils dormirent même comme ils n'avaient jamais dormi, unis dans le rêve et ne formant plus qu'une seule âme extasiée.

Ce fut Husdent qui les réveilla.

Tristan se frotta les yeux et vit l'épée.

— Mon épée! Quelqu'un a pris mon épée!

Iseut se frotta le doigt.

— Ma bague! Quelqu'un a pris ma bague!

Tristan retira de terre le superbe brant à pommeau d'or qui avait remplacé le sien et, après l'avoir examiné attentivement, il s'exclama:

— Mais c'est l'épée de mon oncle, le roi Mark!

Iseut fit tourner la bague qui se trouvait à son doigt.

— Mais ce n'est pas la pierre qui me vient de ma mère! Cette bague, c'est celle de mon époux.

Tristan leva la main et prit le gant accroché aux branchages.

— Il a également laissé son gant pour nous défier. Mais ce que je ne comprends pas, c'est pourquoi il nous a épargné la vie.

Ogrin, qui venait lui aussi d'entrer dans la clairière, son bâton de marche à la main, entendit cette remarque et donna sa propre interprétation des gestes du roi.

— Il a compris que vous avez changé et il a eu pitié de vous. Toi, Tristan, par son épée, il a voulu te rappeler qu'il était toujours ton roi. Toi, Iseut, par sa bague, il a voulu que tu te souviennes que tu seras toujours sa femme devant Dieu. Quant au gant au-dessus de vos deux têtes, pour moi, il signifie que Mark, malgré vos crimes, est encore prêt à vous pardonner et à vous reprendre sous son aile, toi comme le fils que tu étais pour lui et toi comme son épouse repentante.

Tristan hocha la tête.

— Tu as peut-être raison, saint homme. Seulement, qui me dit qu'au contraire, par ces gestes, le roi n'a pas voulu nous faire comprendre que maintenant qu'il a découvert notre refuge, il nous tient à sa merci et peut nous occire à l'heure qu'il lui plaira.

Ogrin répondit :

— Il n'y a qu'un moyen de le savoir. À défaut de pouvoir lui demander au bec à bec*, envoyez-lui un message. Je l'écrirai pour vous si vous le désirez. Nous le clouerons sur la Croix-Rouge, à l'orée de la forêt, et je ferai prévenir le roi de venir le chercher. Je reviendrai demain avec mon écritoire, ma plume et un beau parchemin.

Et Ogrin s'en retourna à son ermitage, laissant Tristan et Iseut aussi songeurs que désemparés.

— Comment agir, ma mie ? Fuir de nouveau ? Nous réfugier au pays des Gallois ou mettre notre salut entre les mains du roi en implorant son pardon ?

Iseut tomba aux pieds de Tristan et lui enserra les genoux dans ses bras.

— Je préfère mourir que d'être séparée de vous !

— Voyons, ma mie, regardez-vous. Regardez-moi. Maigres et attifurés* de guenilles, nous ne sommes pas mieux que des vilains. C'est miracle que nous ayons survécu à tant de misère. Si je vous imposais une autre année de souffrances comme celle que nous venons de passer, vous en viendriez malgré vous à me haïr et, si par hasard, vous m'aimiez encore, c'est moi qui me haïrais de vous voir dépérir lentement.

— Taisez-vous, je vous en supplie.

— Voyons, Iseut, il faut se rendre à l'évidence. Votre beauté est faite pour les riches étoffes, les fêtes et les mets délicats, comme je suis moi-même fait pour le choc des combats et la quête d'aventures en terre lointaine. Vous vous étiolez de jour en jour. Voyez vos pauvres mains meurtries ! Voyez votre teint bruni comme celui d'une pauvre serve ! Voyez vos cheveux d'or qui seront bientôt comme crin et sans éclat.

Iseut se mit à pleurer à chaudes larmes et soupira :

— Vous ne m'aimez plus, c'est cela !

— Non, ma mie, au rebours* jamais je ne vous ai autant aimée.

— Et pourtant vous voulez m'abandonner et partir au loin !

— Vous savez bien que, par la pensée, je serai toujours près de vous. Murmurez mon nom et, fussé-je à l'autre bout du monde, j'entendrai votre appel.

— Eh bien, qu'il en soit selon votre volonté ! Je retournerai vers le roi Mark.

Le lendemain, Ogrin revint avec de quoi écrire. Il s'installa à l'entrée de la grotte. Tristan et Iseut vinrent le rejoindre. Iseut s'assit sur un rocher, Tristan se laissa choir à ses pieds, la tête sur ses genoux, dans la position qu'il prenait toujours quand il se sentait triste. Tous deux se taisaient. Iseut, comme elle avait coutume de le faire, se mit à gratter le dos de son ami[1] et à lui passer les doigts dans les cheveux. C'était sa façon à elle de chasser la mélancolie qui, peu à peu, noircissait ses pensées.

Ogrin attendait, sa plume taillée.

Tristan leva la tête.

— Écrivez : *Roi Mark, après mûr pensement*, je vous rends la reine à la condition que vous promettiez sur votre honneur et juriez sur votre foi de ne point lui faire de mal. Je vous le dis : si dame Iseut conçut pour moi quelque amour, ce ne fut que parce qu'il y a trois ans passés nous bûmes ensemble une boisson maléfique. Dieu lui-même eut pitié de la reine quand il permit que je la sauve du bûcher et de l'étreinte des lépreux. Roi Mark, je vous en conjure, n'écoutez plus les félons qui vous entourent. Jamais Iseut n'a été jugée avec justice et, si j'aime encore la reine, cet amour n'a plus rien de coupable. Il est devenu plus pur que le gros diamant qui orne votre couronne.*

— Oui, c'est la vérité, ajouta Iseut. Écrivez que je veux bien être rendue au roi, mais que j'aime toujours sire Tristan de toute mon âme. La seule chose que je puisse

---

1. Ce geste familier était courant à l'époque, on disait qu'on *tastonnait* son ami.

promettre à mon époux, c'est que nul autre homme désormais ne possédera mon corps. Pour le reste, je ferai tout ce qu'il me mandera.

La plume d'Ogrin courait sur le parchemin et Tristan attendit que cesse le léger grattement pour reprendre le fil de son discours :

— Frère Ogrin, dites aussi au roi que, s'il repousse la reine, j'aimerais qu'il me permette au moins de la ramener en Irlande, parmi les gens de son rang. Quant à moi, il ne me reverra plus. J'irai en Bretagne ou peut-être chez le roi de Frise qui guerroie sur la mer du Nord et a besoin de chevaliers prêts à mourir. Par contre, si un jour il veut me faire revenir, qu'il me fasse signe et je le servirai fidèlement. Voilà, c'est tout.

L'ermite proposa à Tristan et à Iseut de relire la missive, mais comme ni l'un ni l'autre ne savaient pas très bien lire, ils se contentèrent d'apposer leurs sceaux sur la cire chaude qui fermait le document.

Ogrin roula la lettre et noua le cylindre avec un ruban.

— Je vais la porter. Je vous servirai de truchement*.

Tristan lui prit le parchemin.

— Non, c'est moi qui m'en chargerai.

Ogrin et Iseut échangèrent un regard inquiet, sans toutefois oser s'objecter.

Tristan alla fouiller au fond de la grotte et, de derrière un tas de fagots, il retira son harnois de bataille au grand complet : son haubert aux mailles rouillées, ses chausses de fer trouées, son heaume d'acier bruni qui avait perdu presque toutes les gemmes qui l'ornaient, l'épée laissée par le roi Mark, son écu de bois courbe recouvert de cuir et sa grande lance de frêne.

Iseut l'aida à enfiler sa cotte et, quand il fut prêt, l'ermite Ogrin lui amena son destrier qui se mit à hennir de plaisir et à piaffer d'impatience en sentant l'odeur du cuir et en voyant briller le métal des armes.

D'un geste, Tristan fit taire Husdent qui aboyait et se mit en selle.

— Prenez garde à vous ! lui dit Iseut en lui tendant son écu qu'il suspendit à son cou.

— Et vous, soyez prudente. Husdent est un brave chien. Il vous protégera en mon absence.

Tristan se pencha et embrassa sa maîtresse sur les lèvres, puis il partit au galop dans un nuage de poussière.

Chevaucher librement sur la lande, franchir les rivières dans un grand éclaboussement de sabots, sauter les fossés, faire résonner les ponts en les traversant en trombe, Tristan éprouvait un mâle plaisir et un enivrant sentiment de liberté à filer dans le vent. C'était comme si, d'un seul coup, il avait retrouvé toute sa fougue et sa fierté d'antan, comme s'il était redevenu Tristan de Loonois le preux, fils du noble Rivalen, le plus fameux des chevaliers de Petite-Bretagne et de Cornouaille.

Quand il arriva en vue des tours de Tintagel, il faisait déjà nuit noire. Il n'eut donc guère de difficulté à éviter les guetteurs postés sur les remparts. Connaissant parfaitement les lieux, il escalada la muraille du côté de la mer, là où l'abîme était si vertigineux que nul ne songeait même à y monter la garde. Il atteignit ainsi la fenêtre du roi Mark, à laquelle il cogna doucement.

— Roi Mark! Ouvrez, c'est moi!

Le roi l'entendit.

— Qui appelle ainsi dans la nuit?

Il se leva et ouvrit la fenêtre. Le parchemin roulé était déposé sur l'appui de pierre. Il le prit et se pencha au-dessus du vide.

— Tristan, est-ce toi?

— Oui, mon oncle. Je vous apporte un bref*. Faites clouer votre réponse sur la Croix-Rouge, à la lisière de la forêt de Morois.

Des sanglots dans la voix, le roi voulut le retenir :

— Attends, beau neveu ! Reviens !

Nul ne lui répondit. Alors, il cria par trois fois.

— Tristan ! Tristan ! Tristan !

Mais Tristan était déjà remonté à cheval et avait repris sa course dans la nuit.

La réponse arriva deux jours plus tard, portée par le chapelain du roi.

Le roi Mark acceptait. Il abandonnait la querelle. La rencontre marquant le retour officiel de la reine devait avoir lieu trois jours plus tard au milieu de la rivière Fal, en un lieu baptisé le Gué Aventureux. Il voulait bien rétablir Iseut dans tous ses droits et privilèges et effacer à tout jamais ce qui avait mis en grand péril leur union. En ce qui concernait Tristan, par contre, sur le conseil de ses barons, il lui faisait défense* de revenir à la cour avant deux ans, le temps que s'apaise son courroux.

Quand l'ermite eut achevé de lire la réponse de Mark, Iseut se frappa les paumes[2] et secoua sa belle tête blonde en réalisant pour la première fois qu'elle et Tristan allaient vraiment devoir se séparer.

---

2. Geste de deuil.

Ogrin les laissa seuls, sous prétexte d'aller acheter au village le plus proche une jument qui allait l'amble et des vêtements dignes du rang de ses deux protégés.

Quand les deux amants furent seuls, Tristan s'agenouilla devant Iseut et lui tendit ses mains jointes. Elle les prit dans les siennes et les baisa. Tristan baissa le front.

— Il faut donc nous dire adieu, ma mie.

Iseut resta silencieuse un long moment, puis elle retira d'un de ses doigts un anneau d'or au chaton de jaspe vert qu'elle portait depuis son enfance.

— Vous le porterez pour l'amour de moi. Cet anneau me vient de ma mère et il a une vertu spéciale. Chaque fois que vous en regarderez la pierre, vous n'aurez ensuite qu'à fermer les yeux et vous me verrez comme vous me voyez en ce moment. Ne l'enlevez que si votre vie est en danger et donnez-le à un messager si vous voulez que je vienne. Rien alors ne m'empêchera d'accourir vers vous, dussé-je jeter ma couronne aux orties et mourir de mort honteuse.

Tristan la remercia et siffla Husdent.

— Moi, je n'ai rien à vous donner, sinon ce chien. C'est une bête fidèle qui se ferait tuer pour vous. Elle vous rappellera que, moi aussi, je vous aime plus que ma vie.

Ils s'embrassèrent encore une fois. Un tendre baiser qui se prolongea. Puis leurs lèvres lentement se séparèrent et Iseut murmura :

— Ni vous sans moi, ni moi sans vous…

Une semaine plus tard, Iseut se présenta au Gué Aventureux.

L'ermite avait puisé largement dans le tronc de ses aumônes qu'il n'avait jamais touchées et l'avait fait habiller magnifiquement : chemise de lin, pélisson hermin*, bliaud broché d'or à larges manches, ceinture incrustée de topazes, d'agates et d'escarboucles qu'elle portait très bas sur les hanches. Elle était toujours aussi émerveillablement* belle. Juste un peu plus pâle et les traits tirés. Tristan, en armes, la suivait. La haquenée blanche de la reine s'avança dans l'eau de la rivière. Tristan, lui, demeura sur la rive.

Le roi Mark arriva juste à cet instant, accompagné d'un somptueux cortège dont les étendards claquaient au vent. Il avait revêtu une armure d'or et un manteau d'écarlate qui lui donnaient l'allure d'un empereur antique. Son cheval entra dans l'eau jusqu'au ventre et vint se coller, flanc à flanc, contre la monture d'Iseut.

Sur l'autre rive, dressé debout sur ses étriers, Tristan retira un de ses gants qu'il brandit en haranguant le roi et sa suite :

— Roi Mark, je vous rends Iseut, mais souvenez-vous que ni elle ni moi n'avons jamais été condamnés par la justice. En conséquence, si quelqu'un a des accusations à porter contre nous qu'il s'avance. Je suis prêt à l'affronter en loyal combat devant Dieu.

Et, pour ajouter le geste à la parole, il jeta son gant à terre. Personne n'osa relever le défi. Seul le comte Kariado fit faire quelques pas en avant à son destrier avant de tourner bride.

Tristan poussa alors sa monture dans le courant pour se retrouver juste devant le roi Mark.

— Mon oncle, je sais que vous êtes encore en grande colère contre moi. Je quitterai donc le pays jusqu'à ce que vous me rappeliez à vous, le jour où vous le voudrez bien. Cependant, avant de partir, j'ai deux requêtes à vous faire.

— Parle.

— La première : rendez-moi mon épée et je vous rendrai la vôtre. La mienne est vieille et ébréchée, mais elle m'a toujours bien servi.

Le roi Mark fit ce qu'il demandait et, quand les armes furent échangées, il dit à Tristan, le regard à la fois dur et troublé :

— Et ta deuxième demande, quelle est-elle ? Finissons-en.

— Prenez soin de dame Iseut. Elle a beaucoup souffert. En conséquence, il doit lui être beaucoup pardonné.

Le roi approuva d'un petit signe de tête et tendit la main à Iseut qui lui donna la sienne.

— Meshui*, nous avons de nouveau une reine ! lança Mark à la ronde, sous les vivats de tous ses gens.

Ce voyant, Tristan éperonna son cheval et partit sans se retourner.

VII

Le jugement
de Dieu

'advenue* d'Iseut à Tintagel fut triomphale. Comme le jour de son mariage, trois années plus tôt, on pavoisa les rues de draps précieux. Le pavé fut recouvert de tapis et de pétales de fleurs. Les cloches des églises sonnèrent et, tout au long du parcours, ce ne furent que cris de joie, appels de trompes et chansons accompagnées à la vielle, la cornemuse et la harpe.

La seule personne qui ne riait pas dans cette foule en liesse, c'était Iseut elle-même. Iseut divinement belle sous sa guimpe serrée par un bandeau d'or. Iseut qui pensait à Tristan, sur le dur chemin de l'exil.

Or, Tristan, loin d'avoir franchi les frontières du royaume pour voguer vers les terres des barbares du Nord, ne s'était en fait éloigné que de quelques lieues. Un obscur pressentiment lui dictait de retarder son partement* et de veiller encore un peu sur Iseut sans que celle-ci en eût connaissance.

Il avait trouvé refuge chez un forestier du nom d'Orri qui l'hébergea dans sa hutte et alla porter à la reine un message la prévenant qu'il différait de quelques jours son départ définitif afin de s'assurer qu'elle ne soit pas encore victime de quelque traîtrise.

Pendant ce temps, la vie avait repris à Tintagel et Iseut, bien qu'elle s'ennuyât à mourir, avait accepté de reprendre son rôle de reine. Il faut dire qu'elle ne quittait guère la chambre des dames où elle avait de longues conversations avec Brangien, qui ne cachait pas sa joie d'avoir retrouvé sa maîtresse. Ensemble, elles avaient entrepris de tisser une belle et grande tapisserie, représentant une dame un peu triste qui se regardait dans un miroir, sous l'œil d'une magnifique licorne.

Iseut s'ennuyait, mais elle ne se plaignait pas, d'autant que le roi Mark n'était jamais là. Le jour, il chassait et le soir, il s'endormait sitôt couché. Car le souverain avait vieilli. Il avait grossi et buvait un peu trop, si bien qu'il n'était plus capable d'honorer sa femme. Une ou deux fois, bien sûr, il avait essayé. Elle avait ouvert les cuisses, résignée. Il avait besogné sans succès. Depuis, il se contentait de lui caresser un sein en public ou de l'embrasser sur les lèvres, juste pour rappeler à tout le monde qu'elle était sienne. Cet arrangement convenait à Iseut qui, elle, faisait l'amour en rêve en pensant à Tristan.

Le roi Mark était donc à la chasse et, ce jour-là, il avait amené sur son poing ganté un tout nouveau faucon, cadeau du roi de Danemark, un superbe volatile, coiffé d'un chaperon de cuir garni de perles et paré de plumes d'oiseau de paradis. Soudain, une alouette, effrayée par les cris des chiens, s'envola juste devant son équipage. Il décapuchonna aussitôt son oiseau et le libéra. Le rapace prit de l'altitude à vigoureux battements d'ailes.

Il tournoya en planant un moment. Puis il fondit sur sa proie qu'il ne fit que blesser. L'alouette meurtrie vint se réfugier entre les pattes du cheval de Mark alors que le faucon volant en rase-mottes s'apprêtait à l'achever. Le roi, d'un ordre bref, le ramena sur son poing et le retint par les lacets de cuir noués à ses serres. Frustré, le rapace agita ses grelots et poussa des cris perçants.

Le comte Kariado qui assistait à la scène s'avança à cheval.

— Pourquoi rappeler votre faucon, beau sire?

Visiblement contrarié, le roi Mark répondit sur un ton cassant:

— Parce qu'il a mal fait son travail de faucon. Il n'a pas tué cet oiseau proprement. Le laisser harceler et déchiqueter cet oiseau sans défense n'est pas digne d'un faucon royal. D'ailleurs, prenez-le, comte, je vous l'offre. À vous, je suis sûr qu'il conviendra parfaitement.

Le comte Kariado ne comprit apparemment pas cette leçon, car, tout comme le faucon, il ne tarda pas à revenir attaquer en parole la proie qui jusque-là, à son grand dam*, lui avait échappé: la reine Iseut.

Avec sa sournoiserie habituelle, le félon lança son attaque:

— Sire, ne pensez-vous pas que la situation de dame Iseut doit être bien dure à supporter?

— Comment cela?

— Eh bien, noble roi, il y a peu vous la condamnâtes à brûler vive et maintenant vous la reprenez comme épouse sans que son honneur ait été lavé par quiconque ni sa cause entendue en justice. N'oubliez pas que d'aucuns* la tiennent quelque peu pour sorcière. Par exemple, on s'étonne qu'elle n'ait point encore enfanté un fils...

Le roi Mark fit un geste impatient comme s'il chassait un insecte importun.

— Comte Kariado, quand allez-vous cesser d'attaquer la reine Iseut ? Si vous doutez de son innocence, pourquoi la semaine passée ne relevâtes-vous pas le défi lancé par mon neveu ? Votre hargne contre ma femme me déplaît et me semble de plus en plus suspecte. Remerciez le ciel que vous apparteniez à mon lignage, sinon...

Kariado sentit, dans cette phrase restée en suspens, grandir l'ombre d'une menace. En imagination, il se vit déjà dépouillé de ses terres ou, pire encore, le crâne défoncé par le neveu du roi, soudain revenu de son bannissement.

Piteux et inquiet, le teigneux ennemi de Tristan se confondit en excuses et préféra se mêler aux autres chasseurs qui, un peu plus loin, suivaient en sifflant et en criant le ballet aérien des rapaces et le jeu cruel de la mise à mort d'un grand héron abattu dans une frénésie de coups de bec et de plumes arrachées.

Ce jour-là, le roi Mark, contrairement à son habitude, fit sonner la fin de la chasse vers midi et Iseut fut surprise de le voir revenir de si bonne heure. Dès qu'il entra dans la chambre, elle abandonna sa tapisserie, se leva et s'inclina avec respect. Elle le débarrassa ensuite de son épée et lui ôta ses chausses. Le roi lui prit les mains et la força à se redresser. Iseut remarqua son visage fermé et son regard rempli de colère.

— Monseigneur, qu'y a-t-il ? Vous êtes fâché ?

Il haussa les épaules et écarta d'un coup de pied Husdent, le chien qui ne quittait jamais Iseut.

Devant tant d'animosité, la reine sentit son cœur se glacer, persuadée que Tristan venait de tomber aux mains du roi, qui allait sans doute le mettre à mort.

Elle devint toute pâle et, tout à coup, elle s'évanouit.

Le roi Mark la prit dans ses bras et la monta dans sa chambre où Brangien lui fit sentir des sels pour la ranimer. Quand elle ouvrit ses beaux yeux bleus encore remplis d'effroi, le roi lui demanda :

— Êtes-vous malade, ma mie? Voulez-vous que je vous envoie un de mes mires?

Elle refusa en secouant la tête avant de soupirer:

— Je vis dans la peur, monseigneur. Je suis sûre que, dans votre entourage, on aura encore médit de moi.

Elle vit que le roi Mark ne répondait pas et poursuivit:

— Oui, c'est bien cela, n'est-ce pas? Des félons ont encore répandu des méchantises* à mon sujet. Et vous les avez crues!

D'un geste brusque, Iseut déchira sa robe, découvrant ses épaules et le haut de sa poitrine. Puis, tout en pleurant, elle fit mine de vouloir s'arracher les cheveux par poignées.

— Existe-il femme plus infortunée que moi en ce monde? Ma famille est au loin. Tristan aussi et vous-même n'avez point confiance en moi. Vos barons n'arrêtent pas de me chercher noise*.

Le roi Mark protesta:

— Au contraire, ma mie, j'ai fait taire ces caquets perfides*.

— Mais ils reviendront à la charge encore et encore! Quelle méchanceté ont-ils encore inventée cette fois?

— Le comte Kariado, puisqu'il s'agit de lui, a dit que, tant que vous n'aurez pas subi

185

de procès, on pourra croire que vous êtes coupable et que je vous protège par faiblesse.

— Eh bien, je veux être jugée.

— Avez-vous perdu l'esprit!

— Point du tout. Toutefois, cela se fera à mes conditions.

Assommé par la nouvelle, le roi se laissa tomber de toute sa masse dans le grand fauteuil à dossier sculpté où il avait l'habitude de s'asseoir près de la cheminée.

Iseut le toisa comme seule sait le faire une femme offensée qui se rebelle.

— Cela se fera dans dix jours!

— Vous n'y pensez pas! se désola le roi, la tête dans ses mains.

— Que si! Et vous convoquerez tout le ban et l'arrière-ban de vos chevaliers, afin que tous les hypocrites et les menteurs de ce pays soient présents, en particulier vos mauvais conseillers. Vous inviterez aussi le roi Arthur, votre voisin, ainsi que ses chevaliers de l'ordre de la Table ronde. Si le jugement de Dieu me blanchit de toute accusation, eux sauront bien me défendre contre la racaille qui vous entoure et qui a juré ma perte.

Honteux, le roi Mark baissa un peu plus la tête, mais au tréfonds de lui-même, il n'osait s'avouer que cette décision, aussi surprenante fût-elle, le soulageait et même s'accommodait parfaitement à son caractère où l'orgueil et la lâcheté se livraient un combat incessant.

Le lendemain, le roi Mark fit proclamer la nouvelle par ses hérauts et envoya un messager à la cour de Carduel afin d'inviter Arthur et ses gens comme témoins du procès et garants de son équité absolue.

Iseut de son côté ne resta pas, elle non plus, inactive. Elle croyait en la justice de Dieu, mais en femme intelligente, elle savait également que la ruse est le grand levier de toutes les affaires humaines. Elle confia donc à Brangien le soin d'aller informer Tristan et, comme la fidèle meschine n'aimait guère s'aventurer seule dans les bois, elle ordonna au brave Husdent de l'accompagner et de veiller sur elle.

Brangien quitta le château aux petites heures du matin, montée sur une mule tintant à chaque pas de tous ses grelots d'argent et précédée du lévrier de Tristan, tout heureux de se dégourdir les pattes. Vers onze heures, elle atteignit enfin la forêt, sans toutefois trouver la hutte du forestier Orri. Pleine d'appréhension, elle errait au milieu des arbres de haute futaie quand, soudain, au détour d'un sentier, elle se retrouva face à face avec un chasseur qui achevait de creuser une fosse à loup. Elle l'interpella et le reconnut dès qu'il leva la tête. C'était le rabatteur qui avait découvert Tristan et Iseut endormis et avait reçu un bourseron* de cent marcs d'argent pour avoir prévenu le roi. Il n'y avait pas de doute possible. Elle se souvenait très bien de lui pour l'avoir entendu se vanter sans cesse de son exploit dans les communs du château où il passait son temps à vider force pichets de vin et à trousser les garcelettes* des cuisines. Il salua Brangien en s'empoignant la braguette de manière obscène.

— Bonjour, ma mignote*. Si c'est moi que tu cherchais, tu m'as trouvé.

Brangien talonna sa mule et avertit l'homme qui lui barrait le chemin :

— Écarte-toi, pendard puant, ou il t'en cuira.

Mais l'homme, au lieu de prendre cet avertissement au sérieux, prit Brangien par la taille et chercha à l'embrasser sans prendre garde au lévrier qui, tapi sur le sol, le poil hérissé, s'était mis à grogner sourdement.

Ensuite, les choses se passèrent avec la rapidité de la flèche qui se décoche. D'un bond, Husdent sauta à la gorge de l'intrus qui tomba à la renverse. La lutte fut aussi brève que féroce. Le sang gicla. L'homme eut quelques convulsions.

Et ce fut tout.

Brangien descendit de sa monture. Elle releva le bord de sa robe et du bout du pied tâta le corps. Il était bien mort.

Alors, avec l'aide de Husdent qui tirait à pleines mâchoires sur les habits du veneur, elle fit basculer le corps au fond du piège à loup qu'elle recouvrit de branchages.

— Bon voyage en enfer, espèce de coquefredouille*! ajouta-t-elle.

Sur ces entrefaites, Tristan et Orri, alertés par les aboiements de Husdent, sortirent des fourrés. Tristan prit la mule par la bride et flatta son chien en lui caressant la tête.

— Brangien, c'est toi? Que fais-tu ici?

La servante lui narra en quelques mots tout ce qui était arrivé à sa maîtresse.

— Et que veut-elle de moi? demanda Tristan.

— Elle vous mande que sous dix jours, à sixte* très précise, vous vous rendiez au Mal Pas près de la Blanche Lande. Elle veut que vous y soyez déguisé en mendiant et que vous vous oigniez avec cet onguent qui vous donnera figure hideuse comme celle d'un pestiféré.

Tristan n'en demanda pas davantage.

— Tu diras à ta maîtresse que je lui obéirai en tous points, même si j'eusse préféré en découdre avec mes ennemis, l'épée à la main.

Au jour et à l'heure dits, Tristan arriva donc au Mal Pas, dans l'accoutrement que lui avait recommandé Iseut. Dissimulé sous une chape de bure grossière décorée de coquilles Saint-Jacques, les pieds emmaillotés dans des chiffons, la sébile à la main, le visage passé au brou de noix et rendu pustuleux par l'onguent que lui avait apporté Brangien, il avait vraiment l'air d'un pauvre hère de retour d'un pèlerinage lointain. Il lui restait à savoir quel était le plan ourdi par Iseut.

Le Mal Pas était un horrible bourbier qui s'étendait dans un des bras morts de la rivière Fal et qu'il fallait traverser en empruntant d'étroits passages, faits de planches posées sur des fascines, pour atteindre l'eau vive et, plus loin, sur l'autre rive, la lande où Iseut devait être jugée devant Dieu et devant les hommes.

Quelques écuyers et quelques pages, chargés de dresser les pavillons et les tentes des nobles invités, se trouvaient déjà sur les lieux, piétinant dans la vase et cherchant en vain un terrain moins spongieux pour faire passer chariots et bagages.

Installé bien au sec sur un tertre surplombant le marais, comme une île au milieu de cette mer de boue, Tristan agitait son écuelle de bois au passage de chaque domestique.

— La charité, braves gens! Une petite pièce, s'il vous plaît! Rien qu'une petite pièce pour un pauvre pèlerin qui a fait la route de Saint-Jacques-de-Compostelle à genoux et est revenu sur ces deux béquilles.

Quelques-uns s'arrêtaient effectivement pour lui faire l'aumône.

D'autres, au contraire, le souffletaient ou lui allongeaient des coups de poing en l'injuriant. Vers la fin de la matinée arrivèrent les premiers chevaliers.

— Par ici ou par là? demandaient-ils à Tristan en embrassant du regard le cloaque à franchir.

Selon leur chicheté* ou l'estime qu'il avait pour eux, Tristan leur indiquait la bonne direction ou, au contraire, prenait plaisir à les fourvoyer et à les voir s'enliser en crottant leurs beaux habits d'apparat.

Arriva le roi Mark en personne. Lui aussi fut facilement dupe du stratagème et prit même le temps de s'arrêter pour dialoguer avec celui qu'il prenait pour un authentique meurt-de-faim.

— Dis-moi, mon brave, d'où viens-tu? Et qui t'a réduit à ce triste état où je te vois?

— Je suis breton, sire, et tous mes malheurs viennent d'une femme que j'ai trop aimée.

— Et comment s'appelait cette donzelle*?

— La belle Iseut!

Le roi Mark éclata de rire et jeta une pièce d'or à Tristan. Puis il se tourna vers ses barons en s'exclamant:

— Elle est bien bonne! Vous avez entendu ce drôle?

Quand le roi eut traversé le Pas sans trop d'encombre, se présenta un dernier contingent de seigneurs à la tête duquel se trouvait l'infâme comte Kariado.

Tristan identifia tout de suite son ennemi et ne put résister à l'envie de lui jouer un mauvais tour.

— Holà, manant! lança Kariado, montre-moi le chemin.

— Allez tout droit! lui conseilla Tristan en souriant sous ses oripeaux de gueux. Plusieurs sont passés par là sans même enfoncer les sabots de leurs chevaux. Allez-y sans crainte! Donnez de l'éperon!

Mais à peine le comte eut-il fait avancer son palefroi de dix pas, que celui-ci s'était déjà enfoncé jusqu'au jarret. Encore quelques enjambées et l'animal eut bientôt de la fange jusqu'au ventre. Kariado avait beau labourer les flancs de sa monture jusqu'au sang, plus il s'avançait, plus il s'enlisait. Tant et si bien qu'à un moment donné son cheval, désespéré, donna un coup de rein si violent pour s'arracher de la vase que le comte fut désarçonné.

Kariado hurla:

— À l'aide! À l'aide!

Tristan fit semblant, effectivement, de vouloir lui porter secours et lui tendit une de ses béquilles. Kariado s'y accrocha, mais Tristan, au beau milieu de l'effort, lâcha tout, si bien que le comte s'affala de tout son long dans la boue, gâchant complètement sa belle tunique brodée et sa chape de petit-gris.

— Maudit sois-tu, grand sottard*! Pourquoi as-tu cessé de tirer?

Feignant l'humilité et l'impuissance, Tristan s'excusa:

— Ce n'est pas ma faute, monseigneur. La maladie m'a rongé les muscles et crochi les doigts. Je n'ai plus de force.

Sur la rive d'en face, la foule qui avait commencé à se réunir ne manqua pas de se gausser du comte qui, rouge de confusion, dut s'en retourner à Tintagel pour changer de vêtements.

L'incident fut vite oublié, car, à ce moment-là, Iseut fit son apparition. Tout le monde se tut, impressionné par le spectacle.

Montée en amazone sur une jument blanche, la reine portait une cotte de soie de Bagdad et ses tresses blondes galonnées de rubans dorés étaient remontées en couronne sur son front.

Du bord opposé de la rivière, le roi Mark lui cria :

— Attendez, madame, je vous envoie une barque et un de mes chevaliers pour vous prendre. Prenez garde, l'endroit est périlleux et la vase traîtresse.

Iseut sauta à bas de sa monture qu'elle frappa de la paume. La jument partit au trot à travers le bourbier qu'elle franchit par bonds en trébuchant à plusieurs reprises.

Iseut replaça les plis de sa gonelle* et redressa le buste fièrement. Puis elle apostropha Tristan comme si elle s'adressait au dernier des rustres :

— Toi, le mendiant, viens ici !

Tristan joua le jeu.

— Moi, madame ? Que me voulez-vous ?

— Je ne veux pas salir ma robe ! Porte-moi sur ton dos jusqu'à la barque que tu vois là-bas.

— Ma reine, je veux bien, mais ne craignez-vous pas que je vous contamine ? Voyez, je suis couvert de vilaines plaies.

— Si Dieu est de mon côté, il saura me préserver de ton mal. Allez, approche !

Tristan était lui aussi très bon comédien. Appuyé du bras gauche sur une de ses béquilles, il vint vers Iseut en claudiquant et courba le dos. Iseut, elle, releva les bords de son vêtement et monta à califourchon sur son dos, sans perdre le moins du monde son assurance et son port de grande dame.

— Allez, avance, maraud ! Hue-dia !

Tristan se mit en route, passant d'un ponceau à un autre, sautant de caillou en tronc mort pour ne pas trop enfoncer. En même temps, pour donner bonne mesure aux spectateurs, il prit bien soin, à deux ou trois reprises, de feindre qu'il ployait sous le faix ou manquait de perdre l'équilibre. Bref, il fut si convaincant que non seulement personne ne se douta de sa vraie identité, mais encore tout le monde l'acclama lorsqu'il déposa Iseut, saine et sauve, dans la barque envoyée par le roi.

Toujours aussi maîtresse d'elle-même, Iseut ôta le fermail qui retenait son manteau et fouilla dans son aumônière dont elle tira un marc d'argent qu'elle laissa tomber dans la sébile de Tristan.

— Tiens, l'homme, voici pour ta peine. Va maintenant. Je n'ai plus besoin de toi.

Tristan releva légèrement son capuchon et les deux amants échangèrent un regard qui dura le temps que l'embarcation s'éloigne.

Quand la barque accosta, le roi prit la main de la reine et la conduisit à son pavillon. Le roi Arthur, Gauvain, Lancelot et toute la cour étaient là également, réunis dans une profusion de casques dorés, de cottes d'armes armoriées, de pelisses fourrées et de robes multicolores étincelantes de pierreries.

Iseut les salua, accordant aux uns un sourire, aux autres un petit coup de menton à peine poli.

— Je suis prête, dit-elle.

Quatre écuyers étendirent à ses pieds un blanc suaire de Syrie sur lequel une armée de serviteurs vinrent l'un après l'autre déposer toute une collection de reliquaires, de châsses et de crucifix contenant les ossements des saints les plus vénérés de la contrée.

Le roi Mark demanda à Iseut :

— Madame, êtes-vous disposée à prêter serment ?

Imperturbable, Iseut répondit :

— Je le suis.

Et ce disant, à gestes lents, elle commença à se déshabiller. Elle retira d'abord ses bijoux qu'elle jeta avec dédain aux gens du peuple qui, eux aussi, étaient venus assister au jugement. Elle ôta ensuite sa robe et sa ceinture, dénoua ses tresses et continua ainsi jusqu'à ce qu'elle se retrouve en chainse, bras et pieds nus. Puis elle étendit la main droite au-dessus des saintes reliques et prononça les paroles rituelles :

— Je jure de dire la vérité devant Dieu et par tous les saints. Que la terre s'ouvre et que je brûle en enfer si je mens !

À quelque distance de là, on avait placé une épée dans une sorte de brasero. La lame plongée dans les braises ardentes avait chauffé si longtemps que, de rouge qu'elle était au début, elle avait viré presque au blanc. Iseut se plaça devant le chaudron ardent. Sans hésiter, elle plongea son bras nu au milieu des charbons incandescents et en sortit l'épée qu'elle brandit à deux mains au-dessus de sa tête en proclamant haut et fort :

— Roi de Cornouaille et de Logres, je jure que jamais homme ne se mit entre mes cuisses, excepté mon époux... et ce pauvre bougre qui tantôt m'a prise sur son dos ! Que Dieu me juge si je ne dis pas la vérité !

Puis, comme le voulait la coutume, elle fit neuf pas en avant et jeta l'épée fumante.

À droite et à gauche, des cris d'admiration éclatèrent dans l'assistance.

Quelques pleurs aussi.

Iseut, elle, demeurait parfaitement calme. Le visage figé dans une immobilité indéchiffrable.

— Qu'elle montre ses mains ! cria quelqu'un.

— Oui, qu'elle les montre ! reprirent plusieurs autres voix dans la foule.

Alors, dans un geste théâtral, Iseut croisa les bras sur sa poitrine et, brusquement, elle exposa ses paumes à la vue de tous.

La chair était intacte et d'une blancheur non équivoque.

— Dieu a parlé ! L'affaire est jugée ! s'exclama le roi Arthur. L'honneur de dame Iseut est lavé. Nul ne pourra plus douter de sa franchise* et malheur à qui osera désor-

mais s'attaquer à elle, car tous mes chevaliers, ici présents, se feront ses champions.

— Que le Seigneur soit louangé! Gloire
à Dieu et bénie soit la reine! approuva le
peuple à grands cris.

Le roi Mark se jeta à son tour aux pieds
d'Iseut.

— Me pardonnerez-vous un jour d'avoir
douté de vous? Demandez-moi ce que vous
voudrez, je vous l'accorderai.

Iseut embrassa du regard toute l'assemblée des hommes d'armes, des barons et
des petites gens comme si elle voulait les
prendre à témoins.

— Ce que je veux? Je veux un don en
blanc. Je veux que vous me promettiez
d'exaucer n'importe quelle demande que je
pourrai vous faire un jour.

— Je vous l'accorde bien volontiers, ma
mie! lança le roi Mark en souriant.

De nouveau, le peuple manifesta bruyam-
ment sa joie et tous les chevaliers se don-
nèrent l'accolade.

Seul le comte Kariado resta assis, rumi-
nant son échec et s'efforçant, une fois de plus,
de ne pas attirer sur lui les foudres royales.

VIII

Iseut aux
blanches mains

seut, était redevenue en apparence une épouse modèle. Douce, soumise et tout sourire, il n'y avait dans tout le royaume de Cornouaille femme plus irréprochable. Elle accompagnait le roi Mark à la messe. Elle le suivait à la chasse, l'émerillon au poing. Elle trônait à ses côtés lorsqu'il recevait les ambassadeurs. Elle dansait à son bras les jours de fête, buvait dans sa coupe et partageait sa couche.

Bref, elle s'acquittait avec une telle application de ses devoirs de reine qu'elle projetait l'image même du bonheur.

Or, il n'en était rien. Car cette sérénité retrouvée n'était qu'illusion et cette vertu affichée, un spectacle soigneusement

orchestré. Elle avait beau porter un cilice*
sous sa robe et passer des heures en prières,
elle aimait toujours Tristan aussi éperdument. La seule différence, c'était qu'elle
n'en laissait rien voir et avait soin d'enfermer ses sentiments coupables dans le
coffret secret de sa mémoire. Chaque nuit,
Iseut la reine, Iseut l'épouse sans tache,
redevenait en songes Iseut l'amante pas-
sionnée, revivant chacune des caresses,
chacun des baisers, chacune des étreintes
vécues dans les bras de Tristan. Pour elle, le
rêve devenait une seconde vie qui lui permettait de supporter la première tout en
nourrissant chez elle une sorte de mélancolie qui rehaussait sa beauté et lui donnait
un charme envoûtant.

Quant à Tristan, il avait vraiment décidé
de quitter le pays et son seul désir était de
revoir une dernière fois la belle Iseut à
laquelle, lui aussi, il rêvait nuit après nuit. Et
le rêve qu'il faisait était toujours le même.
Pèlerin fatigué, il avait marché longtemps
et, au terme de ce long voyage, il n'avait
plus la force d'aller plus loin. Alors, il plantait son bâton de coudrier en terre et s'as-
soupissait. À son réveil, celui-ci avait reverdi
et, autour de lui, s'était enlacé un chèvrefeuille. Il voulait le reprendre et tirait dessus
dans l'espoir de le déraciner, mais il n'y par-

venait pas. Le coudrier et le chèvrefeuille ne faisaient plus qu'un.

Ce rêve était à la ressemblance de son amour pour Iseut car, de la même manière, leurs existences étaient mêlées si intimement qu'ils s'étouffaient mutuellement tout en ne pouvant vivre l'un sans l'autre.

Iseut semblait avoir accepté cette situation avec une résignation attristée. Chez Tristan, elle suscitait au contraire une sorte de rage impuissante et une violence extrême, comme celle qui pousse le loup pris au piège à se ronger la patte pour se libérer.

C'est dans cet état d'esprit qu'il vint une dernière fois au palais de Tintagel, avec pour toute arme son épée, son arc d'aubier et un carquois rempli de flèches.

Il revit les hautes murailles dominant la mer. Il revit le jardin et la fontaine à l'ombre du grand pin. Mais il vit aussi qu'Iseut était étroitement surveillée. Encore l'œuvre des espions de l'infâme Kariado, pensa-t-il. Eh bien, cette fois, ils allaient payer ! Ces bêtes charognardes n'avaient pas arrêté de tourner autour d'eux et de leur empoisonner l'existence. Elles allaient savoir ce qu'il en coûtait de braver la colère de Tristan de Loonois !

Il n'avait plus rien à perdre. Il décida de tous les tuer.

Le premier, sans coup férir*, il le poussa du haut d'une tour.

Le second, il l'égorgea comme un cochon sauvage.

Un troisième, il l'embrocha jusqu'à la garde et posa son pied sur sa poitrine pour en retirer sa lame trop bien enfoncée.

Un autre encore, il lui cogna la tête sur un mur jusqu'à ce que son crâne éclate comme une noix.

Et quand il eut accompli sa macabre besogne, il se lava calmement les mains dans l'eau de la fontaine, puis il escalada lestement le grand pin dont la cime atteignait les fenêtres d'Iseut.

L'étroit châssis, recouvert de corne amincie en guise de vitre, était fermé. Tristan cogna doucement. Pas de réponse. Alors, il se souvint que dans la forêt de Morois, Iseut aimait l'entendre siffler et imiter le ramage des oiseaux. Il se mit donc à chanter et à triller à l'imitation du rossignol. Il n'eut pas à donner la sérénade trop longtemps. La fenêtre s'ouvrit doucement, les tentures s'écartèrent et Iseut apparut.

Elle chercha un instant où pouvait bien se cacher l'oiseau chanteur qui gazouillait si bien. Elle poussa un cri de surprise en apercevant Tristan, dissimulé derrière une des grosses branches du pin.

— Tristan! C'est vous?

— Oui, c'est moi.

— Vous êtes fou! À quoi pensez-vous! Vous voulez ma mort. Ne savez-vous pas que les espions du comte surveillent chacun de mes gestes?

— Ne craignez rien. Je me suis occupé d'eux.

Iseut jeta un coup d'œil inquiet sur les chemins de ronde et les tours de guet.

— Ne restez pas ici, on pourrait vous voir.

D'un bond, Tristan s'accrocha au bord de la fenêtre qu'il enjamba après s'être rétabli sur les poignets. Il fouilla la pièce du regard. Iseut le rassura:

— Le roi n'est pas là. Il est dans sa salle d'armes où il essaie une nouvelle armure.

Tristan la prit dans ses bras et elle posa sa belle tête blonde sur son épaule. Il la serra plus fort. Il lui caressa les cheveux et, quand il voulut parler, elle lui couvrit la bouche de sa main.

— Ne dites rien!

Les mots, en effet, étaient inutiles. Elle avait compris, rien qu'à sa manière de l'enlacer, qu'il allait partir au loin et que, peut-être, elle ne le reverrait plus jamais. Et c'était comme si elle mourait d'une mort très douce. Triste et soulagée à la fois. C'était comme si une partie d'elle regrettait ces alarmes et ces peurs continuelles qui avaient été son lot quotidien pendant toutes ces années, tandis que l'autre partie se réjouissait presque de connaître enfin le repos et la paix.

Tristan prit enfin la parole :

— Ma mie, je pars et sans doute ne vous reverrai-je point. J'en ai le cœur qui saigne. Cette vie aura-t-elle désormais un sens ?

— Oui. Nous allons vivre. Simplement vivre.

Des rumeurs et des cris, lancés depuis la cour et la poterne du château, vinrent les interrompre. Les soldats du roi venaient de découvrir un cadavre dans les douves. Aux quatre coins de l'enceinte, d'autres soldats se mirent à corner. L'alerte était donnée.

Sortant de sa douce torpeur, Iseut s'écria :

— Sauvez-vous ! Sauvez-vous vite !

Prenant lui aussi conscience du danger, Tristan ramassa l'arc et le carquois qu'il avait laissés sur le lit. Il fit un pas vers la fenêtre, mais s'immobilisa aussitôt. Une main tenait les rideaux entrouverts et derrière le lourd velours cramoisi se dessinait une silhouette.

Quelqu'un les observait !

Iseut qui, à son tour, venait de découvrir la présence de l'intrus, resta paralysée d'effroi ; ce qui eut pour effet de redoubler la colère de Tristan contre cette sale engeance qui avait passé tant d'années à le surveiller et à lui nuire.

Sans bruit, il sortit une flèche de son carquois. Il l'encocha sur la corde de son arc et tendit l'arme de toutes ses forces. La flèche partit en sifflant. Elle traversa le rideau et se ficha dans la tête de l'espion dont l'ombre s'effaça en même temps que retentissait un hurlement de douleur déchirant, accompagné d'un grand fracas de branches cassées.

À ce cri, Iseut retrouva tous ses esprits. Elle poussa vite Tristan hors de sa chambre. En trois enjambées, il dévala l'escalier qui conduisait de la tour royale aux salles inférieures. Il traversa en courant plusieurs pièces, se précipita dans la cour et franchit si vite le pont-levis que personne n'eut le temps de l'apercevoir.

Au même instant, Iseut ouvrait à Brangien qui tambourinait à sa porte.

— Madame ! Madame ! Vous n'avez rien ?

— Qu'y a-t-il ?

— Un meurtrier est dans nos murs ! On dit qu'il voulait tuer notre roi. Il a déjà occis quatre des hommes du comte Kariado, qui, lui-même, gît au pied du grand pin, l'œil crevé par une flèche.

Trois années s'écoulèrent. Trois années au cours desquelles Tristan guerroya en Pays de Galles, chez les Frisons, les Écossais et les Germains, sans compter la campagne qu'il mena sur la terre d'Espagne contre ce géant africain qui avait débarqué avec une armée de Sarrasins et juré de se faire une pelisse avec les poils des barbes de tous les rois de la Chrétienté. Trois années à combattre sous les bannières de tous les princes, aux côtés des chevaliers les plus renommés. Trois années qui se résumaient à une longue liste de châteaux assiégés, de villes prises d'assaut sous une pluie de carreaux d'arbalète et des torrents de poix fondue. Trois années à ferrailler, à distribuer force horions et à répandre le sang jusqu'à avoir envie de retourner son épée contre soi et à se l'enfoncer dans la poitrine. Trois années au terme desquelles, las et dépenaillé, il décida de rentrer chez lui en Bretagne.

Mais une bien mauvaise surprise l'y attendait. Le duché, qu'il avait quitté depuis si longtemps, cette belle terre d'Armorique avec ses moulins, ses fiers castels, ses pommiers et ses champs de blé à perte de vue, n'était plus que cendres et ruines. Les villages étaient déserts, les églises incendiées. Des corps mutilés pourrissaient au bord des chemins. Les arbres croulaient sous le poids des pendus et des enfants chétifs* mendiaient sur son passage.

Il apprit qu'une terrible guerre avait mis le pays à feu et à sang. Celle-ci opposait Hoël, le duc de Bretagne, et le comte Riol de Nantes. Une fois de plus, l'objet de leur querelle était une femme.

Le comte, en effet, avait voulu enlever et forcer* la fille du duc. Celui-ci avait donc levé une armée pour punir le félon, qui avait riposté en appelant à l'aide les barons normands et angevins, lesquels avaient pillé tous les villages de Tréguier à Vannes et transformé le pays en un immense charnier.

Tristan aimait Hoël qui était un ami de son père. Il n'en fallait pas davantage pour qu'il rejoigne l'ost* du vieux duc.

À force d'éperons, il chevaucha donc vers le nord et juste après avoir franchi les

Montagnes Noires près de Chateauneuf-du-Faou, il apprit qu'une effroyable bataille venait d'être livrée sur les bords de l'Aulne.

Quand il arriva sur les lieux, un horrible spectacle s'offrit à ses yeux. La vallée était jonchée de cadavres hachés menu*, d'écus tordus, de lances brisées et de chevaux morts. Le tout bourdonnait de mouches, et la puanteur était insupportable. Au pas lent de son destrier, Tristan traversa ce champ de carnage, reconnaissant au passage sur les cottes d'armes des défunts les armoiries de toutes les grandes familles bretonnes. Au bord de la rivière, il découvrit un jeune chevalier qui agonisait en essayant de retenir ses boyaux entre ses doigts ensanglantés. Après lui avoir donné à boire, Tristan lui demanda :

— Le duc Hoël a-t-il rendu l'âme aussi ?

Le chevalier répondit avec difficulté :

— Non, monseigneur, le duc a été blessé, mais son fils Kaherdin a réussi à le sauver. À cette heure, il doit être assiégé dans Carhaix, notre dernière place forte.

Le chevalier voulut parler encore. Le sang qui lui emplissait la bouche à gros bouillons l'en empêcha.

Il expira, ses yeux bleus grands ouverts d'étonnement. Tristan lui ferma les paupières et après avoir récité une courte prière, plaça sur lui un écu blanc orné d'hermines qu'il chargea de pierres. C'était la seule sépulture qu'il pouvait offrir à ce malheureux.

Tristan continua son chemin. À deux jours de marche de là, il parvint sous les murs de Carhaix. La ville avait subi de rudes assauts comme en témoignaient ses murailles noircies, ses tours à demi effondrées et ses toits crevés par les pierriers et les catapultes.

Tristan attendit la nuit pour se faufiler entre les tentes de l'armée rebelle qui campait non loin de là et ripaillait en dévorant des bœufs entiers et en vidant des futailles de vin volées dans les fermes alentour.

Il héla les veilleurs postés dans les hourds* et la brétêche* dominant le pont-levis.

Une voix lui répondit.

— Qui êtes-vous ?

— Je suis Tristan de Loonois, chevalier de Bretagne.

— Et que voulez-vous ?

— Servir monseigneur le duc.

— Vous êtes hardi chevalier, sieur Tristan, mais vous êtes bien fol de vouloir vous joindre à nous, car nous n'avons plus rien à manger, sinon des rats. Quant à cette ville, elle ne tardera pas à tomber comme un fruit trop mûr et Riol le félon a promis de piquer chacune de nos têtes à la pointe d'une de ses lances.

— Que m'importe ! Je n'ai pas un gros appétit et, dans la mêlée, je sais garder la tête sur les épaules.

L'homme du haut de l'enceinte éclata de rire.

— Très bien, entrez compagnon. Je vous promets une belle mort digne des preux des gestes* d'autrefois.

La herse de l'entrée se leva et le pont de bois s'abaissa au bout de ses lourdes chaînes, juste le temps que Tristan pénétrât dans la basse cour où un solide gaillard aux cheveux longs s'avança vers lui et lui donna l'accolade.

— Je suis Kaherdin, le fils du duc Hoël.

Tristan éprouva aussitôt une vive sympathie pour cet homme simple et brave. Sentiment qui, dans les semaines qui suivirent, ne tarda pas à se transformer en amitié virile. Kaherdin avait l'impétuosité de l'extrême jeunesse. Tristan avait acquis dans les bois la ruse et l'art de survivre à tous les dangers. À eux deux, ils formaient donc une équipe redoutable qui ne tarda pas à influer sur le cours de la guerre.

Dès le lendemain de son arrivée, Tristan organisa avec Kaherdin une audacieuse sortie qui sema la panique dans le camp ennemi et leur permit de ramener dans la ville deux chariots remplis de sacs de farine et de quartiers de lard salé. Puis Tristan apprit aux archers et aux arbalétriers à viser juste, à l'abri des meurtrières, en guettant le moment où ceux d'en face, trop confiants, abaissaient leurs targes* ou leurs écus. Il montra également à Kaherdin et aux siens comment devenir loups et sortir la nuit en hordes pour traquer le gibier humain et semer la terreur avant de disparaître comme des ombres.

Les Nantais et leurs alliés en vinrent alors à vivre dans une terreur permanente et à considérer les défenseurs du château comme de véritables démons vomis des bouches de l'enfer.

Cette existence périlleuse plaisait à Tristan. Le vieux duc Hoël l'aimait comme un père et lui rappelait le roi Mark avant leur douloureuse querelle. Kaherdin était comme son frère et ce qu'il appréciait par-dessus tout, c'était qu'ici, en terre de Bretagne, personne ne pouvait douter de sa réputation de preux chevalier.

Comme la guerre s'éternisait, il voulut en savoir davantage sur l'origine exacte du conflit. Il eut la surprise d'apprendre de la bouche de Kaherdin que la cause de tous ces malheurs était ISEUT.

Quand il entendit ce nom, il parut si troublé que son ami crut bon de lui préciser :

— Oui, ma sœur Iseut. Iseut aux blanches mains. La belle entre les belles.

— Ta sœur s'appelle vraiment ISEUT ! s'écria Tristan.

— Qu'y a-t-il de si drôle à se nommer Iseut ? Ce prénom te déplaît ? Tu as connu quelqu'un qui le portait ?

Tristan évita de répondre et préféra s'informer sur cette sœur mystérieuse pour laquelle les hommes de tout le duché s'entre-tuaient depuis plus d'un an.

— Elle est au couvent de Ploërmel où nous l'avons cachée pour qu'elle ne tombe pas entre les mains de Riol. Il est fou d'elle. Quand mon père lui a refusé la main de ma sœur, il a forcé sa porte. Il l'a tirée par les cheveux et a essayé de l'emmener en la jetant sur une de ses épaules. Seulement elle a poussé de tels hurlements qu'il a dû se sauver, poursuivi par nos chiens.

Après le sang a commencé à couler…

— Mais pourquoi ton père n'a-t-il pas voulu de Riol pour gendre ?

— Il n'était pas digne d'entrer dans notre famille !

Cette dernière remarque laissa Tristan songeur et, quelques jours plus tard, il proposa à Kaherdin de vider toute cette affaire en allant lui-même provoquer le comte en duel.

— S'il est victorieux, tu lui donneras ta sœur. Si c'est moi qui le terrasse, il sera forcé de lever le camp et de retourner chez lui.

Mis au courant, le duc approuva le défi.

Tristan fit donc porter le chalonge* au comte de Nantes. Le héraut revint en disant que Riol acceptait.

Le combat eut lieu un lundi, quelques jours avant Noël. Les deux chevaliers se présentèrent à cheval et tout armés dans l'enclos qui avait été aménagé dans une vaste prairie. Riol montait un destrier noir. Tristan n'avait trouvé dans Carhaix qu'une rosse efflanquée. Les deux chevaliers chargèrent. La lance de Tristan frappa l'écu de Riol et vola en éclats. Celle du comte, maladresse ou geste prémédité, s'enfonça droit dans le poitrail du cheval de Tristan. La pauvre bête roula à terre en entraînant son cavalier.

Tristan se releva et tira son épée en rugissant de colère.

— Ce coup est indigne. Frapper le cheval est contraire à la règle chevaleresque. Je comprends que la fille du duc n'ait point voulu d'un lâche de ton espèce.

Piqué au vif, le comte fondit de nouveau sur Tristan qui esquiva habilement la charge et qui, d'un seul coup d'épée, trancha les sangles retenant la selle de son adversaire. Vingt pas plus loin, Riol bascula sur le côté et vida les arçons à son tour. Tristan courut à sa rencontre et, avant qu'il ait repris ses esprits, il le cloua au sol en lui appuyant sa chausse de fer sur la poitrine. Riol avait le visage ensanglanté et les dents enfoncées. Il avait de la difficulté à respirer. Tristan lui enfonça la pointe de son épée à la base de la gorge, juste au-dessus du chapel*.

— Espèce de chien à cul jaune[1], recommande ton âme à Dieu, car tu vas mourir !

— Merci ! Merci ! implora le triste sire.

Tristan diminua légèrement la pression de sa lame.

— Je t'épargnerai si tu remets ton épée et jure de quitter la terre du duc Hoël.

Le comte accepta, et pour être sûr qu'il ne trahirait pas sa parole, Kaherdin fit apporter spécialement de Tréguier le reliquaire contenant les restes de saint Yves, sur lequel le vaincu dut répéter son serment

---

1. Injure bretonne.

solennel, en plus de verser une rançon en or égale à son propre poids.

Trois jours plus tard, l'envahisseur avait plié bagage.

Les mois passèrent. Le duc Hoël avait réinstallé sa cour dans la riche cité de Rennes et fait revenir sa fille du couvent. Kaherdin se fit un plaisir de présenter sa sœur à Tristan.

Iseut était vraiment très belle.

Quand il la rencontra pour la première fois, elle était en train de broder une magnifique nappe d'autel destinée à l'abbaye qui l'avait hébergée pendant la période troublée qui venait de s'achever.

Tristan trouva que non seulement elle ressemblait à l'Iseut si chère à son cœur, mais encore qu'elle avait de la reine de Cornouaille la douceur des traits et la perfection du corps. Deux détails néanmoins la distinguaient de celle qui occupait toutes ses pensées : Iseut de Bretagne était brune et elle avait des mains blanches d'une étonnante finesse.

Tristan se prit à aimer la compagnie de cette jeune fille si acorte*, qui parlait peu et dont la pudeur était si farouche qu'elle pouvait demeurer des heures assise sans bouger et sans quitter ses travaux d'aiguille.

Ces visites semblaient plaire également à la fille du duc qui rougissait dès que le chevalier entrait chez elle. Bref, à la cour de Rennes, tout le monde en vint à penser qu'ils étaient amoureux l'un de l'autre.

Mais, si Iseut aux blanches mains n'était sans doute pas indifférente au charme de Tristan, ce dernier pensait toujours à son ancienne maîtresse, Iseut la blonde. Iseut dont il n'avait plus de nouvelles depuis près de deux ans. Iseut qui l'avait peut-être oublié.

Quand il se mettait ainsi à plonger dans ses souvenirs, Tristan sombrait dans une profonde mélancolie qu'il épanchait le soir en chantant ses amours pour celle qu'il n'avait pas oubliée :

Iseut ma drue*, Iseut ma mie,
En vous ma mort, en vous ma vie...

Ces chants remplis de tristesse ne firent qu'entretenir la confusion dans bien des esprits. Du fait que Tristan y répétait souvent le nom d'Iseut, nombre de Bretons, Kaherdin le premier, crurent encore une fois que c'était de la fille du duc qu'il s'agissait.

Bref, sans même s'en apercevoir, Tristan était déjà considéré plus ou moins comme le fiancé d'Iseut aux blanches mains.

Quand il s'aperçut enfin du piège dans lequel il était tombé, Tristan, contre toute attente, ne lutta même pas. Pourquoi repousser le bonheur qui se trouvait peut-être là, à portée de la main ? Bien sûr, il ne pouvait pas croire qu'Iseut la blonde ait pu vraiment l'oublier. Mais, avec le temps, elle avait dû se détacher de lui. Pourquoi n'essaierait-il pas d'oublier également cet amour impossible dans l'apaisement d'un mariage sans histoire ?

Alors, sans hâte ni fièvre, il commença à courtiser pour de bon la douce Iseut aux blanches mains et, au mois de mai, il la demanda en mariage.

Les noces eurent lieu dans la cathédrale Saint-Pol en Loonois et, pendant vingt-quatre heures au moins, Tristan pensa qu'il pourrait être heureux et trouver la paix dans les bras de celle à qui il venait d'enfiler l'anneau nuptial par trois fois, au nom du Père, du Fils et du Saint-Esprit, avant de le lui glisser enfin au doigt de la main gauche. Oui, il était sûr qu'il aimait sincèrement cette femme quand il prononça devant tous la phrase qui l'unissait à elle :

— De cet anneau, je t'épouse. De mon corps, je t'honore. De mon bien, je te doue*.

Il faut dire que la mariée, couronnée de fleurs, était si belle dans son bliaud de cendal*, si fragile et si touchante. Et puis le vieux duc avait l'air si content, et Kaherdin si fier en voyant sa sœur porter le cierge traditionnel sur l'autel de la Vierge et tremper ses lèvres dans la coupe de vin bénit !

Jusqu'au coucher, tout fut parfait : les chants dans l'église inondée de soleil, la visite au cimetière afin que les morts de la famille puissent eux aussi se réjouir de cette union, la parade dans les rues de la ville, le banquet arrosé de cidre et de bon vin, la gavotte dansée à la mode de Bretagne au son du biniou et de la bombarde, les dernières coupes vidées à la santé des mariés, les plaisanteries grivoises jusqu'à la porte de la chambre, soigneusement frottée de graisse de loup[2].

Ce n'est que vers matines* sonnées, au moment où s'éteignirent les lumières et les cris de la fête, que, pour Tristan, s'évanouirent également toutes les promesses de bonheur.

Cela commença par un incident anodin. Dans la chambre jonchée de fleurs et

---

2. Pour éviter les mauvais sorts.

d'herbes odorantes, deux servantes étaient en train d'aider Tristan à se déshabiller quand celui-ci, en ôtant sa chemise un peu trop serrée au poignet, perdit une bague. La plus jeune des chambrières la récupéra sous le lit et la tendit à Tristan qui devint tout pâle. C'était l'anneau de jaspe dont Iseut la blonde lui avait fait cadeau.

Quelques minutes plus tard, Iseut aux blanches mains, préparée elle aussi par ses suivantes, se glissa toute nue et parfumée entre les draps. Les domestiques se retirèrent. Les portes se refermèrent et les deux époux se retrouvèrent seuls.

La jeune femme attendit en silence. Elle attendit longtemps. Tristan restait étendu sur le dos sans broncher. Elle repoussa le drap et découvrit ses seins. Toujours aussi figé, Tristan continuait de regarder dans le vide. Iseut aux blanches mains se colla contre lui. Elle chercha ses lèvres. Il détourna la tête. D'une main hésitante, elle le caressa. Il la repoussa doucement. Elle émit un petit cri plaintif et se cacha le visage sous le traversin afin d'y étouffer ses sanglots.

Honteux, Tristan ferma les yeux et souhaita mourir.

Pourtant, le lendemain, rien n'y parut. À l'aube, la jeune épouse humiliée avait trouvé le moyen de sauver les apparences.

Elle avait pris un fuseau, s'était piquée la main et avait aspergé la couche de sang. Ainsi, au réveil, tout se déroula le plus naturellement du monde. À la vue du drap taché, les commères répandirent le bruit que le mariage avait bien été consommé et Iseut put coiffer la guimpe, symbole de son nouvel état de femme mariée.

On festoya derechef. On félicita les jeunes époux. Iseut sourit et, le soir suivant, quand elle se retrouva aux côtés de son époux, elle se serra de nouveau contre lui, son ventre chaud contre ses fesses, ses petits seins pointus contre son dos, ses bras noués autour de son cou.

— Mon mari, soupira-t-elle, pourquoi ne voulez-vous point de moi? Qu'ai-je fait pour vous déplaire? Suis-je si laide que je vous dégoûte?

Sincèrement désolé, Tristan la prit dans ses bras et chercha à la consoler:

— Non, ma mie! Vous êtes fort belle et infiniment désirable. Ne vous inquiétez pas. C'est juste une vieille blessure qui me fait souffrir de temps à autre. Demain, j'irai mieux. Soyez patiente.

Et la belle Iseut aux blanches mains patienta. Et elle pria longuement devant la petite Vierge d'ivoire que lui avaient offerte les sœurs de Ploërmel.

Mais, le lendemain, Tristan se souvint soudain qu'il avait fait un vœu à la Vierge, lequel vœu l'empêchait de coucher avec son épouse le reste du mois.

Les semaines, les mois passèrent et le même triste manège continua.

Chaque soir, Tristan inventait un autre prétexte pour reprendre ses vêtements sur les perches[3] et déserter sa couche : un cheval malade à soigner, un faucon à dresser, une partie d'échecs à terminer avec Kaherdin.

Heureusement pour lui, il n'eut pas à mentir trop longtemps, car le duc lui-même lui fournit bientôt l'excuse rêvée pour s'éloigner de sa jeune femme en lui proposant de se construire une demeure sur un des fiefs que sa fille lui avait apportés en dot.

Tristan sauta évidemment sur l'occasion et décida de se bâtir un château fort sur un des caps du Finistère, face à l'océan et à une journée de voile de la Cornouaille.

Le transport des blocs de pierre, l'abattage des chênes pour les charpentes, le creusement des fossés, tout cela lui prit au moins six mois.

---

3. On suspendait les vêtements sur des perches, près du lit, pour éviter qu'ils se salissent et soient souillés par les animaux qui habitaient le château : chiens, furets, belettes, genettes…

Quand la fière forteresse se dressa enfin sur la pointe de Dinan, Tristan attendit encore, mais il fallut bien un jour qu'il vint chercher son infortunée épouse.

Ce fut un long voyage, car, à cette époque, toute la côte occidentale de la Bretagne était couverte de landes battues par le vent et de forêts presque impénétrables. Kaherdin accompagna le couple, chevauchant à la tête d'un convoi de cinquante lourds chariots qui transportaient les meubles, les affiquets*, la vaisselle précieuse et toutes les autres richesses reçues par les mariés en cadeaux de noces.

Retrouver son mari après une aussi longue absence avait rendu Iseut d'humeur badine. Tout au long de la route menant des terres du Nord jusqu'à la presqu'île de Crozon, elle ne cessa d'échanger des plaisanteries avec son frère et Tristan. Ainsi, en arrivant à un carrefour dominé par un gigantesque menhir qui dressait sa pointe vers le ciel, elle ne put s'empêcher de pouffer de rire.

— Certes, voilà ce qu'il me faudrait dans mon lit !

Kaherdin regarda son beau-frère, interloqué. Celui-ci se contenta de hausser les épaules.

224

Quelques lieues plus loin, la petite troupe eut à traverser un cours d'eau presque à sec. Les chevaux s'engagèrent au milieu des pierres glissantes. Celui de Kaherdin fit un brusque écart, ce qui, à son tour, fit se cabrer la monture d'Iseut. Pour ne pas tomber, la cavalière dut alors ouvrir largement les genoux et talonner vigoureusement sa jument pour en reprendre le contrôle. Du coup, l'animal s'arqua et fit un bond en avant, mais il glissa sur un rocher branlant et tomba de tout son poids en faisant jaillir une gerbe d'eau. Iseut, la robe à demi relevée, fut éclaboussée jusqu'en haut des cuisses.

Son frère s'arrêta pour l'attendre.

— Vous sentez-vous bien, ma sœur?

— Fort bien, mon frère, bien que, je dois l'avouer, cette eau friponne se soit aventurée bien plus avant que jamais ne le fît mon époux.

Cette fois, Kaherdin réagit fort mal à la plaisanterie. Il prit sa sœur à part et la souffleta.

— Voulez-vous bien me dire à quoi riment toutes ces sornettes que vous débitez depuis tantôt. Cela ne sied pas à une femme de votre rang.

Iseut aux blanches mains se mit à pleurer.

— Sur ma tête, ce n'est que la vérité, mon frère. Je suis toujours pucelle. Je dors aux côtés de Tristan, mais il ne me touche point !

Kaherdin se dressa sur ses étriers, bouillant de colère.

— Vous mentez, cela ne se peut. Pourquoi Tristan vous traiterait-il ainsi et offenserait-il par là-même toute notre famille ?

Iseut sanglota.

— Je vous jure, mon frère, que je dis vrai. Faites-moi examiner par une religieuse ou une matrone si vous ne me croyez pas. Je suis toujours pucelle. Pensez-vous que tout ceci ne m'humilie pas autant que vous ? Je souffre de la froideur de Tristan. J'en souffre à vouloir mourir, car le plus terrible, mon frère, c'est que j'aime cet homme qui me dédaigne. Je l'aime comme une folle et je ne veux pas que vous tiriez vengeance de lui.

Kaherdin se laissa retomber sur sa selle et dit d'un air abattu :

— Je ferai selon votre volonté, ma sœur, mais je finirai bien par savoir ce qui pousse Tristan à agir de manière si indigne. Allons, essuyez ces larmes et rejoignons-le !

Tristan vit bien que quelque chose de grave venait de se produire ; cependant, il préféra se tenir coi.

Le reste du voyage se fit donc en silence et les chevaux eux-mêmes adoptèrent un pas lent et funèbre, comme s'ils avaient compris que l'aile noire du malheur venait de s'étendre au-dessus d'eux.

IX

La folie
de Tristan

endant ce temps, dans la loin-
taine Cornouaille, de l'autre
côté de la mer, Iseut la blonde
était saisie d'un noir pressentiment. Elle s'était éveillée
tout en sueur. Elle avait rêvé
qu'un corbeau se posait sur le bord de sa
fenêtre et tenait dans son bec la bague de
jaspe qu'elle avait offerte à Tristan. Elle eut
un long frisson. Tristan pensait-il encore à
elle? Pourquoi ne lui avait-il pas envoyé le
moindre message pendant toutes ces années? Et elle? L'aimait-elle encore? Oui,
certainement. Mais cet amour était devenu
si évanescent, si bien enseveli dans le jardin
clos de son cœur que parfois elle avait de la
difficulté à reconstruire dans sa mémoire

l'image même de cet homme qu'elle avait tant aimé et tant désiré.

Pour le reste, Iseut ne se plaignait pas trop. À mesure que le roi vieillissait, son pouvoir personnel grandissait. Désormais, c'était elle qui donnait des ordres et on s'inclinait respectueusement en sa présence.

Ce n'était que le soir, auprès de son gros mari endormi au coin du feu, qu'elle se sentait de nouveau fragile et abandonnée.

Alors, elle se levait et allait s'asseoir au jardin près de la fontaine, où elle se mettait à chantonner cet air triste qu'elle avait appris elle ne savait plus où ni quand :

Seulette suis et seulette veut être
Seulette m'a mon doux ami laissée
Seulette suis sans compagnon ni
    maître
Seulette suis dolente et courroucée
Seulette suis, plus que nulle égarée
Seulette suis, sans ami demeurée[1]...

C'est là, qu'un soir, le comte Kariado la surprit. Depuis qu'il était devenu borgne, le fourbe avait perdu de sa superbe. Cependant, il n'avait pas renoncé à son goût de l'intrigue. Il était devenu seulement un peu

---

1. Poème de Christine de Pisan.

plus prudent, surtout qu'il n'ignorait pas que la reine avait désormais assez de puissance pour le châtier et qu'elle ne le tolérait à la cour qu'en raison de son lien de parenté avec la famille royale.

L'âme noire du comte cachait dans ses replis les plus obscurs un secret : il aimait Iseut.

Il lui avait fallu beaucoup de temps pour qu'il s'avoue la vraie nature de ce sentiment et accepte l'évidence : la haine s'était transformée en amour. À force de vouloir perdre cette femme, elle avait fini par occuper toutes ses pensées, et plus il avait rêvé de la détruire, plus il avait été attiré par son charme. En un mot, pendant toutes ces années, l'ambition n'avait fait que servir de masque à l'amour. Depuis le départ de Tristan, cet équilibre était rompu. Sa passion le rendait comme fou et le faisait d'autant plus souffrir que son vieux fond de méchanceté était toujours là, transmué en jalousie et en désir de posséder et d'humilier cette splendide créature qui continuait à le toiser avec mépris.

Or, le soir dont nous parlons, le comte Kariado se réjouissait intérieurement en rejoignant Iseut au jardin. Enfin pensait-il tenir le moyen d'humilier celle-ci et peut-être d'aboutir à ses fins.

Il salua la reine avec une politesse forcée :

— Madame, pardonnez-moi de vous déranger.

— Que voulez-vous, comte ? Vous ne dormez donc jamais !

— J'ai des nouvelles de messire Tristan.

Le borgne savoura l'effet de sa dernière phrase et nota dans la voix d'Iseut un léger tremblement.

— Parlez, comte !

Kariado la fit languir encore un moment avant de lâcher ces mots qui pénétrèrent dans le cœur d'Iseut comme autant de coups de poignard :

— Tristan est perdu pour vous. Il vient de prendre femme en terre étrangère.

Après un long silence, Iseut reprit avec colère :

— Vous mentez !

Le comte se défendit :

— À Dieu ne plaise que je vous trompe, ma reine. Je tiens l'information d'un marin breton. L'homme était ivre, mais il disait que Tristan avait aidé à remporter une grande victoire et que, pour le remercier, le duc Hoël de Bretagne lui avait offert la main de sa fille.

Iseut se dressa brusquenent.

— Laissez-moi seule !

Le comte sentit que la reine était troublée.

— Je ne voulais pas vous faire de peine, madame !

— Depuis quand ce que je peux ressentir vous intéresse-t-il ?

— Je ne suis pas celui que vous croyez, noble reine. J'ai un cœur. Je ne demande qu'à vous en donner la preuve.

Et à ces mots, il se laissa tomber à genoux, aux pieds de la souveraine, laquelle recula, horrifiée.

— Que faites-vous, comte ! Êtes-vous devenu fou ?

— Madame, je vous aime !

— Taisez-vous ! hurla Iseut. Comment osez-vous… Si vous me touchez, sale chat-huant, je vous fais arracher les testicules et je les donne à manger aux pourceaux.

Le comte comprit que tous ses rêves de conquête venaient de s'effondrer. Ulcéré, il se retira, rempli d'une haine décuplée par l'humiliation qu'il venait de subir.

Presque en même temps, de l'autre bord du monde, en Armorique, Tristan vivait aussi des moments pénibles. Depuis que Kaherdin était au courant des déboires de sa sœur, ses relations avec son beau-frère s'étaient refroidies. Les deux hommes ne se parlaient plus et même s'évitaient carrément, de crainte d'en venir à prononcer des paroles qu'ils regretteraient ou de poser quelque geste irréparable.

Ils attendirent donc que leur ardeur belliqueuse se calme. Ce fut Kaherdin qui fit les premiers pas. À la sortie de la messe, sur le parvis de la cathédrale, il prit Tristan par le bras.

— Beau-frère, il faut que nous parlions. Je me suis renseigné. Je sais que vous négligez ma sœur à cause d'une autre femme qui tient votre cœur prisonnier. Il n'y a pas là de crime. Ce que je ne comprends pas, c'est pourquoi dans ces conditions vous avez pris épouse.

— Kaherdin, répondit Tristan, croyez-moi, je pensais sincèrement être capable d'oublier la reine de Cornouaille et de devenir un bon mari pour votre sœur.

— Et cette femme, continua Kaherdin, vous aime-t-elle toujours après ces années d'absence ? Peut-être poursuivez-vous des chimères. Au moins, avez-vous eu d'elle lettres ou messages d'amour ?

— Non.

— Alors, voilà ce que je vous propose. Nous allons tous deux passer la mer et aller voir cette femme qui vous a ensorcelé. Je suis curieux de voir si sa beauté éclipse celle de ma chère sœur. Ce qui me semble impossible. Ensuite, nous verrons bien si elle est toujours attachée à vous aussi bien que vous l'êtes à elle. S'il en est ainsi, je vous tiendrai quitte de vos devoirs envers ma sœur. Par contre, si ce n'est plus le cas, jurez-moi que vous regarderez Iseut aux blanches mains d'un œil différent et ferez l'effort, sinon de l'aimer tendrement, au moins de l'honorer comme votre légitime épouse.

— La proposition est généreuse, Kaherdin, et je vous fais volontiers serment que je ferai tout ce que vous avez dit. Quand vous verrez la reine Iseut, vous comprendrez. Sans compter que Brangien, sa servante, est presque aussi belle qu'elle...

Tristan et Kaherdin embarquèrent donc sur une nef marchande qui faisait route vers la Cornouaille. Pour ne pas être reconnu, Tristan avait emprunté la robe de bure d'un moine mendiant, dont l'ample capuchon lui dissimulait le visage. Kaherdin avait adopté le même déguisement, bien qu'il répugnât à ces sortes de manigances.

Comme à l'accoutumée, la traversée fut difficile, car les courants en mer d'Iroise sont capricieux et les récifs redoutables. Après avoir déchiré sa voile et noyé à moitié ses cales à force de rouler d'un bord à l'autre, le lourd navire, rond comme une coquille, arriva enfin en vue de Tintagel et Tristan se porta à la proue pour mieux admirer ce paysage qui réveillait en lui tant de souvenirs.

La ville n'avait pas changé, mais, dès qu'il fut à terre, Tristan sentit qu'il était devenu un étranger. Ainsi va la vie. Les hommes et leur souvenir ne sont que feuilles mortes que le vent emporte.

Malgré tout, Tristan n'osa pas ôter son capuchon de peur d'être reconnu et ce fut Kaherdin qui interrogea les passants.

Le roi et la reine étaient attendus, de retour d'un pèlerinage à Stonehenge, car, semblait-il, Iseut ne pouvait avoir d'enfant et toucher ces vieilles pierres érigées par les géants et les fées avait, dit-on, le pouvoir de rendre la fertilité aux femmes stériles.

Le cortège royal ne tarda pas à se présenter, précédé par des trompettes et des timbaliers. Tristan et Kaherdin cherchèrent à se faufiler dans la foule pour voir passer le brillant défilé, mais il y avait une telle bousculade qu'ils grimpèrent dans un chêne pour avoir une meilleure vue.

Dès que les cavaliers et les cavalières commencèrent à passer sous l'arbre où ils étaient installés, Kaherdin, habitué à la vie un peu frustre des seigneurs bretons, manifesta candidement son admiration. Jamais il n'avait vu un tel étalage de luxe et d'élégance, et, à chaque équipage qui se présentait, il demandait naïvement :

— Est-ce le roi qui arrive ? Est-ce la reine ?

Et chaque fois, Tristan secouait négativement la tête.

— Non ce ne sont que vassaux sans importance et simples dames d'honneur.

Enfin, au milieu de la cavalcade, dans le chatoiement des brocarts, le hennissement des chevaux richement harnachés et le claquement des bannières multicolores, Tristan aperçut son oncle. Il avair l'air très vieux et fourbu.

— Voilà mon oncle, souffla Tristan.

— Et elle, c'est la reine, n'est-ce pas ? s'enthousiasma Kaherdin en apercevant la femme qui suivait le souverain et qui lui parut si belle qu'il crut voir une créature céleste.

Tristan ne put s'empêcher de rire.

— Quel béjaune*, tu fais ! Non, c'est Brangien, la servante d'Iseut. La reine, c'est elle derrière. Regarde. Elle monte la jument baie...

Mais Kaherdin, de prime*, était resté si ébloui par la belle compagne d'Iseut qu'il ne vit pas celle que Tristan lui désignait. Il faillit même tomber de l'arbre tant il avait été bouleversé.

Tristan, lui, n'aurait manqué pour rien au monde cet instant magique où l'espace d'une seconde, il put revoir le merveilleux visage de celle qu'il avait tant aimée et pour qui il était de nouveau prêt à vendre son âme et même à tuer s'il le fallait.

Il toucha l'épaule de Kaherdin.

— Beau-frère, tu l'as vue ? Tu comprends maintenant pourquoi rien au monde ne peut exister pour moi en dehors de ce que j'éprouve pour cette femme.

Les yeux égarés, Kaherdin approuva d'autant plus facilement que, dans l'instant, il pensait surtout à Brangien dont il venait de tomber éperdument amoureux. Tristan n'eut guère de difficulté à convaincre Kaherdin d'aller au palais. Toujours déguisés en moine, les deux compères prirent le chemin de la forteresse dominant Tintagel. Franchir le premier pont-levis se fit sans mal. Mais, parvenus dans la haute cour, au pied du donjon, ils se heurtèrent à des gardes en armes.

— Holà! Où allez-vous?

— Nous sommes deux moines d'Irlande et nous apportons à la reine une lettre de son oncle, le roi Gormond.

— La reine ne voit personne. Elle a donné des ordres. Elle se repose.

— Faites venir alors sa première servante, dame Brangien. Demandez-lui si elle se souvient, sur une certaine nef, de celui avec qui elle but un certain breuvage qui les rendit malades tous deux. Elle comprendra et me recevra, dit Tristan.

Le sénéchal qui commandait les hommes s'éclipsa et revint quelques minutes plus tard.

— Suivez-moi. Dame Brangien vous attend dans sa chambre.

Dans l'escalier à vis qui menait aux étages supérieurs, Tristan et Kaherdin croisèrent plusieurs domestiques qui montaient et descendaient, les uns chargés de couvertures, les autres de marmites d'eau bouillante. L'un d'eux portait avec précaution une assiette d'étain remplie de sang et ne quittait pas deux médecins en robe noire qui se disputaient en latin:

— Il faut le saigner une nouvelle fois! disait le premier.

— Moi, je dis qu'il faut le purger.

Les deux beaux-frères interrogèrent le sénéchal du regard. L'officier les informa :

— C'est notre roi, il est malade.

Au fond d'un corridor éclairé par des torches de résine, le sénéchal frappa à une porte de son poing ganté de fer et fit demi-tour sans attendre.

Brangien ouvrit, un furet dans les bras. D'émotion, elle faillit laisser échapper l'animal quand Tristan releva son capuchon, imité par Kaherdin.

— C'est vous, messire Tristan ?

— Oui, c'est moi, Brangien, et ce noble seigneur qui m'accompagne est Kaherdin, le fils du duc Hoël de Bretagne.

Brangien était en chemise, les épaules et la poitrine à demi dénudées. Ce retour inopiné de Tristan la décontenançait à un tel point qu'elle ne songeait même pas à relacer son vêtement qui, lorsqu'elle se penchait, découvrait ses deux beaux seins blancs à tétins roses.

Elle commença par tirer soigneusement tous les verrous de sa porte et s'écria ensuite :

— Avez-vous perdu la tête ? Si quelqu'un vous reconnaît, vous n'êtes pas mieux que mort. Je ne pense pas que votre oncle vous ait pardonné et, comme il est sans enfant, je crois que ce qui l'irrite surtout, c'est de n'avoir plus le droit de vous aimer comme un fils.

Troublée, Brangien s'interrompit brusquement. Elle venait de s'apercevoir que Kaherdin, pendant toute cette conversation, n'avait pas arrêté de la dévisager. Elle croisa son regard. Il lui sourit. Elle baissa la tête et se sentit toute confuse.

Tristan, qui n'avait pas remarqué ce manège, prit les mains de Brangien entre les siennes et la pressa de questions :

— Comment se porte ta maîtresse ? Pourquoi ne m'a-t-elle jamais donné nouvelles d'elle ? Parle Brangien ! Parle !

Sans cesser de jeter des coups d'œil à Kaherdin, Brangien répondit :

— Dame Iseut ne se confie plus guère à moi, chevalier. Elle vit presque recluse et entourée d'ennemis. Depuis qu'elle a su que vous étiez marié, elle s'est enfermée dans un silence presque total.

Oubliant son rang et la présence de son beau-frère, Tristan se jeta presque aux pieds de la servante.

— Il faut que je la voie, Brangien. Porte-lui cette bague de jaspe. Si elle ne veut pas me parler, je repartirai et elle ne me verra plus jamais. Kaherdin m'en est témoin.

Kaherdin fit un signe de tête pour approuver.

Brangien grimaça en relâchant son furet.

— Vous ne pourrez approcher dame Iseut, ces jours-ci. Elle est au chevet du roi qui a pris froid au cours de son voyage. Elle ne le quitte pas, ni de jour ni de nuit, car les médecins lui ont prédit qu'il trépasserait avant huit jours. Elle m'a même envoyé cueillir des herbes dans la forêt pour confectionner sirops et onguents.

Tristan parut agacé et se tourna vers Kaherdin.

— Beau-frère, que vous en semble ? Êtes-vous disposé à attendre quelques jours, pour peu que nous trouvions un abri sûr ?

Kaherdin fit signe qu'il était d'accord et Brangien s'empressa d'ajouter :

— Restez chez moi, gentils seigneurs. Ma chambre, comme celle du roi, donne sur la falaise et nul ne viendra vous y chercher. Je préviendrai la reine que vous êtes là. Pour l'heure, il est tard. Allons-nous coucher.

À cette époque, il était de coutume que l'on couchât nus, ensemble, dans le même lit, comme on partage sa table avec ses hôtes. Aussi les deux chevaliers se déshabillèrent-ils sans honte pendant que Brangien, de son côté, se débarrassait de sa chemise. Tristan s'étendit du côté de la muraille, Brangien au milieu et Kaherdin de l'autre bord.

Tristan s'endormit le premier.

Kaherdin, lui, ne trouvait pas le sommeil. La proximité de ce magnifique corps de femme, allongé près de lui, le troublait au plus haut point. Du bout de l'orteil, il toucha la jambe de Brangien qui ne s'écarta point. Puis, avec une lenteur calculée, il lui effleura le dos et les hanches et l'embrassa au creux de la nuque.

Elle frissonna et murmura :

— Que faites-vous, chevalier ? Cessez, je vous prie.

Mais le ton de sa voix et les soupirs qu'elle poussait contredisaient ses paroles. Kaherdin se serra contre elle plus intimement encore. Cette fois, Brangien se retourna et se trouva face à ce beau chevalier breton qui lui avait chaviré les sens dès le premier regard. Leurs lèvres se collèrent et Brangien ferma les yeux, laissant Kaherdin la poutouner* et la caresser à son gré. Cependant, elle en profita pour glisser quelque chose sous le traversin et, aussitôt, son amoureux trop entreprenant fut bizarrement envahi par une irrésistible torpeur qui éteignit en lui tout désir et le plongea dans le plus délicieux des rêves. Quand il en sortit, il faisait jour et Brangien, déjà habillée, le taquina :

— Avez-vous bien dormi, chevalier ?

Kaherdin rougit de honte, persuadé que la servante se moquait de lui. Il comprit vite cependant qu'il n'en était rien. Toute la journée, par mille agaceries et mille caresses, Brangien sut bien lui manifester qu'elle était loin d'être insensible à son charme un peu frustre de chevalier aux allures de paysan et aux yeux si bleus qu'on avait l'impression de s'y noyer.

Comme Iseut demeurait invisible, Tristan et Kaherdin passèrent plusieurs jours à attendre, tuant le temps à jouer aux échecs ou à se raconter des exploits de chevaliers disparus. Brangien venait les voir régulièrement et chaque fois qu'elle passait près de Kaherdin, elle trouvait le moyen de le frôler pour mieux s'esquiver dès qu'il voulait la saisir ou l'asseoir sur ses genoux.

Mis en appétit, Kaherdin attendait donc avec impatience l'heure de se coucher et, chaque nuit, la même chose se reproduisait. Brangien semblait prendre un malin plaisir à l'exciter, puis au moment décisif où elle semblait prête à céder, c'était lui qui s'endormait. Le mystère avait pourtant une explication fort simple. Grâce à sa maîtresse, Brangien avait appris toutes sortes de tours prodigieux que de mauvaises langues auraient pu attribuer à de la sorcellerie. L'un d'eux consistait à calmer les ardeurs des hommes à l'aide d'une plume d'oiseau de paradis qui avait des vertus soporifiques. Il suffisait de placer cette plume sous la tête de l'amant sur le point de faire l'amour et celui-ci était plongé dans un sommeil si lourd qu'il effaçait tout souvenir de ce qui avait pu se passer la veille.

Au troisième jour, Tristan n'avait toujours pas vu Iseut. Brangien avertit les deux chevaliers que la chance de pouvoir organiser une rencontre secrète devenait de plus en plus improbable, car la rumeur courait que l'état du roi s'était encore aggravé. Certains allaient jusqu'à dire qu'il était à l'agonie.

Kaherdin prit mal cette nouvelle. Rester enfermé entre quatre murs le mettait au supplice, trop habitué qu'il était à galoper sur la lande, au bord de la mer, en respirant à pleins poumons le vent du large. Tristan essaya de le calmer.

Kaherdin s'emporta :

— Pour moi, beau-frère, vous perdez votre temps. Cette femme ne veut pas vous voir. Elle se moque de vous ou bien elle ne se souvient même plus que vous existez.

Tristan lui fit cette promesse :

— Si la reine refuse de me voir avant demain soir, nous nous en irons.

Kaherdin cessa de marcher de long en large comme un ours en cage.

— Demain ? C'est juré ?

— Juré. Que je sois damné si je me dédis !

À ces mots, Kaherdin retrouva sa bonne humeur et, lorsque Brangien revint le soir après sa journée de service auprès de la reine, il la lutina en riant, la pinçant et cherchant à lui voler des baisers malgré ses petits cris de protestation.

Brangien avait une bonne nouvelle : le roi s'était levé et respirait mieux. Elle pourrait sans doute, dès le lendemain, parler à l'oreille de la reine.

Mis en joie par l'heureuse tournure des événements, Tristan et Kaherdin mangèrent de bon appétit les restes de cuisine que la servante leur avait apportés. Ils burent également un ou deux cruchons de vin pimenté, si bien que, le soir venu, Kaherdin se sentit le sang plus échauffé que jamais. De son côté, Tristan tomba dans le lit comme assommé. Brangien reprit bien volontiers le jeu amoureux qui lui plaisait chaque fois un peu plus. Auparavant, bien entendu, elle prit soin de mettre en place comme d'habitude la plume magique. Aussi se laissa-t-elle accoler* et baiser sans crainte, persuadée que, le moment venu, son beau chevalier ne pourrait aller plus loin que la limite des plaisirs innocents. Tout soupirs et tout gémissements, Kaherdin fut effectivement bientôt en sueur, et Brangien elle-même sentit que l'ardent chevalier, cette fois-là, était bien décidé à jouir d'elle sans retenue. Elle s'étonna d'ailleurs que le beau Kaherdin ait pu se rendre si près du but. Comment se faisait-il qu'il ne se soit pas encore assoupi ? Prise d'un doute, elle glissa une main sous le traversin : la plume n'y était plus. Elle comprit alors que, sous les élans fougueux du chevalier, la couche avait été si dérangée que le précieux objet était tombé sur le plancher. La belle aurait pu résister encore un peu, mais elle jugea qu'elle avait assez fait languir son pauvre Kaherdin.

Elle s'abandonna donc et le laissa jouir d'elle à plaisir. Il semble qu'elle n'eût pas à s'en plaindre, car le Breton était homme magnifiquement équipé pour satisfaire une femme jusqu'à potron-minet*.

Bref, le lendemain, Brangien aimait presque autant Kaherdin qu'Iseut aimait Tristan. Pour sa part, Kaherdin était tellement assoté* de Brangien qu'il lui proposa immédiatement de l'épouser.

Brangien crut d'abord qu'il se moquait d'elle jusqu'à ce qu'il lui répétât, la main sur le cœur, qu'il ne tenait qu'à elle de devenir un jour duchesse de Bretagne.

Au comble du bonheur, Brangien décida de se rendre aussitôt dans les appartements royaux pour faire part à Iseut de sa bonne fortune et lui annoncer, par la même occasion, que Tristan était au château et se languissait de la voir.

Fatiguée par ses nuits de veille, Iseut l'écouta conter ses projets de mariage d'un air distrait et lui répondit avec une pointe d'agacement :

— Toi, duchesse ? Tu es folle, ma fille, et ce Kaherdin est sans nulle doute un imposteur qui a abusé de toi.

Vexée, Brangien protesta :

— Kaherdin est homme d'honneur, madame. Autant que celui qui l'accompagne et attend depuis trois jours en se mourant de vous voir.

— Et qui est cet autre indésirable dont tu vas encore me rebattre les oreilles.

— Tristan, madame.

— Tristan est ici ! Que ne l'as-tu dit plus tôt ! Espèce de sotte ! Cours le chercher et fais-lui message que je l'attends au jardin.

Brangien ne put cacher son désappointement.

— Madame… madame ! Et mon mariage avec Kaherdin ? M'aiderez-vous en

appuyant cette union ? Souvenez-vous !
Vous m'aviez promis qu'un jour vous m'éta-
bliriez avantageusement !

Impatientée, Iseut l'interrompit :

— Ne m'importune plus avec ton
Breton ! Oublies-tu ta condition ? Oublies-tu
que c'est mon père qui t'a rachetée aux pirates de Norvège ! Épouser le fils d'un duc !
Tu déraisonnes ! Si tu continues à bien me
servir, je te trouverai peut-être comme mari
un bon bourgeois ou un marchand bien
gras et bien riche. Que veux-tu de plus ?
Allons, je t'ai donné un ordre. Va !

Ces remarques hautaines, à la limite de
la méchanceté, fendirent le cœur de Brangien. Blessure qui resta ouverte et éveilla en
elle un courroux grandissant. Voilà donc
comment on récompensait sa loyauté à
toute épreuve. Voilà à quelle vie on la destinait ! Quand elle serait trop vieille et
déprisée* pour s'échiner au château, on la
jetterait dans les pattes de quelque brute
illettrée qui, sans doute, la battrait et lui
ferait torcher sa nombreuse marmaille.
Cette image lui était insupportable et, tout
en retournant à sa chambre, elle sentit
monter en elle un puissant désir de vengeance. Si elle perdait Kaherdin, elle aussi
ferait obstacle aux amours de son ingrate
maîtresse !

Ce qu'elle fit alors, elle devait le regretter tout le reste de sa vie.

En effet, lorsqu'elle retourna auprès des deux chevaliers, Tristan se jeta littéralement sur elle.

— Qu'a dit la reine? Parle, ma bonne Brangien. Qu'a-t-elle dit?

— Elle a dit que j'étais folle et que je cesse de l'ennuyer. Elle vous a traité d'indésirable et s'est mise en grande colère contre moi!

Tristan la regarda, éberlué.

— Je ne peux pas croire ce que tu me dis là. Quel jeu joues-tu? Tu mens.

En voyant la lueur menaçante qui venait de s'allumer dans les yeux de Tristan, Brangien prit peur. Elle leva les bras pour se protéger et Kaherdin dut s'interposer pour prendre sa défense.

— Tout doux, beau-frère! Calmez-vous.

Tristan boucla alors son ceinturon auquel était suspendue son épée.

Affolée, Brangien demanda:

— Où allez-vous, messire?

— Je verrai Iseut, dussé-je pourfendre tous ceux qui se mettront sur mon chemin.

Brangien en pleurs voulut le retenir.

— Arrêtez, monseigneur, le comte Kariado a des hommes à lui partout dans ce château. Ils vous tueront.

Tristan la repoussa. Désespérée, elle se jeta aux genoux de Kaherdin qui lui aussi venait de ceindre son épée par-dessus sa robe de bure de faux moine.

— Pour l'amour de moi, restez! supplia-t-elle. Il a perdu la raison. Vous courez tous deux à une mort certaine.

Mais Kaherdin, sans brusquerie, dénoua doucement les jolis bras qui lui enserraient les jambes.

— Je suis désolé, ma mie, Tristan est mon parent. Ne vous inquiétez pas, je reviendrai!

Et Brangien s'effondra en sanglotant.

Les deux beaux-frères n'allèrent pas loin, car Tristan, l'épée à la main et la tête nue, fut vite reconnu par les félons à la solde du comte Kariado. Des appels de trompe se firent entendre, suivis de commandements hurlés aux quatre coins du château et de fausses rumeurs transmises de bouche à oreille.

— Tristan est revenu! Il veut enlever la reine! Il a tenté d'assassiner le roi Mark! Capturez-le! Cent marcs d'argent à qui ramènera sa tête.

Tristan, lui, n'entendait rien et, d'un pas résolu, il gravissait l'escalier du donjon menant à la chambre royale. Kaherdin le suivait de près, l'arme au poing. Un premier garde déboula soudain les degrés de pierre et se trouva face à face avec eux. Tristan sans hésiter lui plongea sa lame dans le ventre et se tassa de côté pour éviter la chute du cadavre. D'autres hommes se jetèrent sur les deux chevaliers. Les uns surgissaient des étages supérieurs. Les autres venaient des corps de logis du rez-de-chaussée. Kaherdin repoussa ces derniers comme on foule raisin en distribuant force coups de pied. Puis il fit tournoyer son brant. Le sang se mit alors à éclabousser les murs et à couler à flots sur les marches de la tour.

L'escalier fourmillait maintenant de soldats, de sergents et d'écuyers d'armes qui se bousculaient pour enjamber les morts. Tristan fut blessé à la hanche et Kaherdin, le cuir chevelu entamé par une hache, saignait tant qu'il en était aveuglé. Il trouva pourtant le moyen de plaisanter.

— Je pense que c'est en Paradis que vous reverrez madame Iseut et moi, la belle Brangien.

Les échos du combat parvinrent aux oreilles du roi et de la reine. D'une voix faible, le roi Mark s'enquit de ce qui se passait. Iseut sortit de la chambre et vit qu'on se battait dans l'escalier. Le comte Kariado arriva à son tour, escorté d'une troupe lourdement armée de fauchons* et de gourdins. Il voulut faire reculer Iseut. Elle lui échappa et descendit les premières marches. Juste ce qu'il fallait pour entrevoir, à travers cette presse* furieuse, le chef blond de Tristan. Elle porta la main à son cœur et faillit s'évanouir. Tristan, lui aussi, l'aperçut et ouvrit grand la bouche pour crier son nom. Mais sa voix fut couverte par les hurlements des combattants et le cliquetis des armes.

Du haut de l'escalier, Iseut cria :

— Sauvez votre vie ! Fuyez ! Pour l'amour de moi, Tristan, faites ce que je vous dis !

À la seule pensée d'être si près du but, Tristan redoubla d'ardeur et se battit comme un lion. Or, c'est le moment que Kariado choisit pour s'élancer à son tour dans la mêlée. Le traître leva son épée et essaya de frapper Tristan dans le dos. Celui-ci se retourna et vit briller l'éclair de l'acier, mais il ne reçut pas la blessure mortelle à laquelle il s'attendait. Son œil unique exorbité, Kariado resta au contraire l'épée en l'air. Puis, tout à coup, sa tête se détacha de son cou, tranchée net, et tomba sur le sol où elle rebondit de marche en marche.

Tristan leva les yeux. Sur le palier, juste au-dessus de lui, se tenait Kaherdin, vêtu d'une simple brogne*, son épée dégouttant du sang noir du lâche.

— Qui était ce chien? demanda le Breton en essuyant sa lame sur le corps décapité qui gisait à ses pieds.

— Comme tu le dis si bien, beau-frère, un sale chien qui a vécu et a crevé comme un chien.

Le combat reprit, plus âpre que jamais. Malgré ses blessures, Tristan refusait de reculer. Kaherdin, plus lucide, lui lança:

— Ce n'est pas notre jour, beau-frère, et moi, je n'ai pas envie de mourir dans cet escalier, saigné comme un porc. Sortons d'ici au plus vite.

Avec l'énergie du désespoir, Tristan se rua de plus belle sur l'ennemi mais, à la fin, hors d'haleine et le bras las de tuer, il fit un signe de tête à Kaherdin qui voulait dire: *Tu as raison.*

Combien d'hommes moururent encore dans cette hécatombe? Nul ne l'a retenu. Toujours est-il que les deux amis, dans un ultime effort, parvinrent à sortir de la maîtresse tour et à grimper sur le chemin de ronde d'où ils plongèrent dans les douves, échappant de peu à une pluie de flèches et de carreaux.

Ainsi se termina cette journée désastreuse s'il en fut. Désespérée, Iseut retourna auprès de son vieux mari souffreteux. Tout aussi malheureuse, Brangien vit disparaître son amant. Kaherdin perdit la femme de ses rêves et Tristan dut s'en retourner sans avoir la réponse à la question qui le tourmentait.

Les deux chevaliers bretons, quant à eux, ne s'attardèrent pas en Cornouaille où les soldats du roi Mark fouillaient chaque village et chaque coin de côte avec ordre de les capturer, morts ou vifs. Dans une crique isolée, ils découvrirent un bateau de pêche qu'ils volèrent et grâce auquel ils firent voile vers la Bretagne.

Aux yeux de Kaherdin, ce voyage n'avait pas été vain. D'une part, il avait trouvé la femme de sa vie qu'il se promettait bien de faire sienne, dût-il l'enlever. D'autre part, il revenait convaincu qu'Iseut n'aimait plus Tristan et que ce dernier finirait bien par retourner dans les bras de sa sœur entre lesquels il trouverait enfin le bonheur.

Mais il se trompait. Car Tristan, loin de devenir un époux fidèle et attentionné, adopta dès son retour un comportement pour le moins étrange. Chaque jour, il disparaissait et ne revenait qu'à la nuit tombée. Où allait-il ? Personne ne le savait. Des serfs et des pêcheurs interrogés par Kaherdin racontèrent qu'ils avaient vu parfois le seigneur errer comme une âme en peine, sur la grève ou au milieu des bruyères coiffant les falaises abruptes du côté de la pointe de Pen-Hir.

Pendant ce temps, Iseut aux blanches mains attendait et, quand son époux rentrait, trempé, fourbu et l'air de plus en plus sombre, elle l'accueillait dehors avec un manteau sec et le baisait doucement, espérant toujours que sa patience et son amour obstiné seraient un jour payés de retour. Kaherdin ne savait plus que penser. Tout en invoquant ses propres projets de mariage avec Brangien, il raconta à son père tout ce qui s'était passé à Tintagel. De l'avis du vieux duc, il y avait de la sorcellerie dans cet amour insensé et il fallait traiter ce pauvre Tristan, non pas comme un époux oublieux de ses devoirs sacrés, mais plutôt comme un malade sur lequel on devait veiller de crainte qu'il ne pose des gestes extrêmes.

Kaherdin se mit donc à suivre son beau-frère en chevauchant derrière lui à bonne distance. Il découvrit que Tristan, au cours de ses longues randonnées, s'arrêtait presque immanquablement chez un tailleur de pierre à qui il remettait de l'or et avec qui il discutait souvent. Un jour, il les surprit même en train de charger dans une charrette un gros bloc de granit de kersanton et, le jour suivant, il découvrit que Tristan avait conduit ce lourd fardeau au bord de la mer, jusqu'à Morgat où il l'avait caché à l'extrémité de la plage, dans une des grottes qui n'étaient découvertes qu'à marée basse. Quel secret Tristan voulait-il dissimuler dans un endroit aussi désolé?

Poussé par la curiosité, Kaherdin attendit le lendemain que Tristan entrât dans son repaire, puis il le suivit sans bruit. L'endroit était impressionnant. Sous la voûte humide, le vent et le bruit du ressac éveillaient de multiples échos qui résonnaient telle une musique d'église. Au fond de cet antre obscur, ce que vit le Breton le figea de surprise. Sur une grosse roche, qui lui servait de socle, se dressait une statue grandeur nature devant laquelle Tristan était agenouillé. Kaherdin cuida* d'abord qu'il s'agissait d'une image de la Vierge ou de la bonne sainte Anne, mais, quand ses yeux se furent habitués à la pénombre, il s'aperçut que la dame de pierre avait les traits de la femme qu'il avait entrevue en haut de l'escalier du donjon de Tintagel.

— Iseut! s'exclama-t-il.

La sculpture, fort belle au demeurant, représentait effectivement Iseut la blonde et Tristan ne se contentait pas d'adorer cette idole de granit. Il lui parlait. Il la serrait dans ses bras. Il baisait ses lèvres froides et sans vie.

Ce jour-là, Kaherdin n'intervint pas et préféra se retirer en silence. Le jour suivant, il revint. Puis tous les jours de la semaine. Et chaque fois, il assista à cet étrange cérémonial amoureux; si bien qu'à la fin il ne put s'empêcher d'interrompre la scène.

— Beau-frère, s'écria-t-il, êtes-vous devenu fol? Vous soupirez devant un morceau de pierre alors que vous avez femme bien en chair qui brûle de désir pour vous! Je ne vous comprends plus. Vous avez pourtant vu comment nous avons été reçus en Cornouaille. C'est miracle que nous soyons revenus avec nos têtes encore attachées à nos épaules!

Tristan ne broncha même pas et, comme il continuait à embrasser son Iseut de pierre, Kaherdin le saisit par les épaules et le secoua vigoureusement.

— Voyons, beau-frère, réveillez-vous!

Tristan sembla reprendre ses sens, mais au lieu de retrouver le sens des réalités, il entra dans une grande fureur qui frisait la démence, comme si Kaherdin en pénétrant dans la grotte et en le tirant de son rêve avait violé un sanctuaire et commis un sacrilège.

Les deux hommes en vinrent même aux mains. Heureusement, Kaherdin était un colosse à la poigne de fer et il n'eut aucune difficulté à desserrer l'étreinte de Tristan qui cherchait à l'étrangler. D'un bon coup de poing, il l'assomma. Puis il l'attacha solidement sur son cheval et le ramena au château de Dinan.

— Prenez soin de lui, ma sœur, dit-il à Iseut aux blanches mains, je crois que votre époux est possédé du démon. La femme qu'il a connue au-delà des mers lui a jeté un sort. Voilà pourquoi il ne veut pas de vous. Je vais aller en parler à notre père et consulter à ce sujet l'évêque Samson de Dol et de Saint-Pol-de-Léon. Ce sont des hommes de bon conseil. Ils me diront quoi faire. En attendant, tenez-le enfermé en ce château afin qu'il cesse les diableries auxquelles il se livre.

Des événements imprévus vinrent tirer Kaherdin d'embarras et forcer Tristan à abandonner de lui-même ses pratiques bizarres.

La guerre s'était rallumée sur les marches* de Bretagne où le comte de Porhoët, Conan le Roux, avait livré aux Francs les places fortes de Combourg, Vitré et Fougères. Aussitôt, le duc Hoël avait convoqué le ban et l'arrière-ban de tous les barons et chevaliers bretons pour former une puissante armée qui devait se rassembler près de la Roche-aux-Fées[2].

Tristan aurait donné son âme pour l'amour d'Iseut, mais, chez lui, la fibre guerrière et le goût de l'action étaient plus forts encore. C'est donc avec une excitation fébrile que Tristan enfila son haubert tout neuf, cadeau de Kaherdin, et qu'il laissa Iseut aux blanches mains lui ceindre son épée et lui coiffer son heaume d'acier. Les adieux furent brefs. Pour la première fois, cependant, Tristan donna à sa femme un baiser qui fut un vrai baiser et la serra d'un geste si tendre qu'elle en fut secouée de frissons.

L'armée fut bientôt réunie et, du haut des pierres sacrées de la Roche-aux-Fées, le duc harangua ses troupes et ses gens de pié* qui l'acclamèrent. Il leur rappela le souvenir de son ancêtre, l'illustre Morvan, et

2. Célèbre monument mégalithique breton.

reprit les paroles de ce dernier avant la terrible bataille où il avait taillé en pièces les armées de Charles, roi des Francs : *Courir à la mort pour l'honneur de la patrie et la défense du sol natal, mon cœur ne peut rêver une joie plus haute !*

La bataille eut lieu dans la plaine, au sud de Rennes. Ce fut une rude journée. Trois fois les Bretons chargèrent sur leurs petits chevaux rapides et lancèrent leurs javelots sur l'adversaire. Trois fois leurs assauts se brisèrent sur les rangs des Francs. Tristan eut deux chevaux tués sous lui et il abattit tant de fois son épée sur le métal des casques ennemis que celle-ci se brisa net et qu'il dut continuer à se battre à mains nues.

À la tombée du jour, plus de mille chevaliers bretons avaient mordu la poussière et gisaient sur le dos, les tripes à l'air ou le crâne fracassé. Tristan et Kaherdin, qui étaient parmi les rares survivants encore debout au milieu de ces monceaux de cadavres, baissèrent enfin les bras. Les Francs étaient en déroute.

Il faisait très chaud.

— Je meurs de soif ! se plaignit Tristan.

— Bois ton sang, répondit Kaherdin.

Tristan ôta son heaume pour s'éponger. Juste à ce moment, une grosse pierre lancée par une fronde le frappa en plein front et lui lacéra profondément le crâne. Sous le coup, Tristan perdit conscience. Comme la blessure en forme de croix ne paraissait pas trop grave, Kaherdin le prit sur ses épaules et le transporta à l'ombre d'un chêne où il lui recousit la plaie. Après une bonne nuit de repos, Tristan put rejoindre le reste de l'armée ducale qui avait investi Castel-Fier, le nid d'aigle formidablement remparé* où Conan le Roux s'était reclosé*.

Le siège dura des mois, car la tanière du traître était quasiment imprenable. Construite au sommet d'un éperon rocheux dans la boucle d'une rivière, on disait même que c'était un château-fée qui, par magie, pouvait disparaître s'il risquait d'être pris.

Chaque fois que les hommes du duc s'élançaient à l'assaut, ils devaient se couvrir de leurs écus ou de peaux crués, car ils étaient accueillis par des nuées de flèches, des avalanches de roches et de pleines chaudronnées d'huile bouillante. Chaque fois qu'ils dressaient des échelles contre les remparts, celles-ci étaient repoussées et précipitaient dans le vide des grappes d'assiégeants qui allaient s'écraser plus bas ou tombaient dans l'eau et se noyaient.

Finalement, pour venir à bout de Conan le rénégat, il fallut saper les murailles et construire d'imposantes machines de guerre parmi lesquelles des beffrois roulants* que des milliers de serfs halèrent sous les murs au péril de leurs vies.

C'est sur un de ces engins redoutables que Tristan fut de nouveau blessé, bien plus gravement que la première fois. La navrure* se produisit lorsque des torches et des traits enflammés, lancés par les assiégés, incendièrent l'échafaudage au sommet duquel Tristan avait grimpé en compagnie de Kaherdin et de quelques hardis compagnons. Entouré de flammes, l'engin menaçait de s'écrouler, mais Tristan refusa de descendre et ce qui devait arriver arriva. La construction s'effondra et après une terrible chute, il reçut une poutre sur la tête ainsi qu'une quantité de brandons qui lui roussirent les cheveux et lui brûlèrent une partie du visage.

Plus chanceux, Kaherdin s'en tira indemne. Il vola au secours de son parent.

— Beau-frère, comment vous sentez-vous?

— Qui êtes-vous? demanda Tristan d'un air étonné.

— Voyons, beau-frère, cessez de gaber*. Vous savez fort bien qui je suis.

— Oui, oui! Suis-je bête! Comment ne vous ai-je pas reconnu avec votre face de carême! Vous êtes la Mort! Vous êtes l'Ankou[3] venu me chercher. Je suis content que vous soyez là. Je n'ai plus le goût de vivre. Le navire est-il prêt ? J'ai hâte de revoir Rivalen, mon père, et Blanchefleur, ma mère !

Tristan était devenu fou.

Les semaines passèrent. La paix était revenue, mais Tristan n'avait pas recouvré la raison. Physiquement, il avait beaucoup changé. Ses cheveux n'ayant pas encore repoussé, il paraissait tonsuré comme un moine. En outre, ses brûlures ayant mal guéri, il avait le visage couvert de croûtes. Bien peu de gens auraient pu reconnaître le vaillant chevalier et le courtois damoiseau d'autrefois dans cet homme sauvage à la barbe hirsute et à l'œil hagard, qui hantait le château de Dinan en poussant des cris de bête égarée.

Curieusement, Iseut aux blanches mains ne parut pas affectée outre mesure par l'état de santé de son mari. Au contraire, depuis qu'il avait perdu la mémoire et commencé à divaguer, elle pouvait enfin le

---

3. Personnage du folklore breton incarnant la Mort.

cajoler autant qu'elle le voulait. Docile comme un enfant, il se fiait entièrement à elle. Il se laissait laver. Il se laissait déshabiller. Il se laissait embrasser et caresser. Tant et si bien qu'une nuit, alors qu'il était allongé nu et sans défense, elle monta sur lui et doucement elle l'introduisit en elle... Bref instant de bonheur.

Quelques jours plus tard, Tristan disparut.

Lors même qu'à la cour de Bretagne on vivait ces événements tragiques, en Cornouaille, les choses n'allaient guère mieux. Brangien, en particulier, était inconsolable du départ de son beau chevalier. Elle en voulait tout autant à la reine qu'à Tristan qu'elle tenait responsables de son malheur. Son propre destin semblait irrémédiablement lié à ces deux amants maudits. Pourquoi n'avait-elle pas, elle aussi, le droit d'aimer librement selon les inclinations de son cœur? Le même sang ne coulait-il pas dans les veines des princes et dans celles des simples servantes?

De son côté, Iseut se doutait bien que Brangien avait joué un rôle dans ce dernier scandale qui avait secoué Tintagel et fait planer sur elle de graves soupçons. N'avait-on pas chuchoté qu'elle avait de nouveau trahi son serment de fidélité et qu'on avait désormais la preuve formelle qu'elle revoyait son ancien amant en cachette ? N'avait-on pas osé insinuer que c'était elle qui avait fait assassiner le comte Kariado et qu'elle avait peut-être même le dessein de faire tuer le roi par Tristan, avec l'aide d'un chevalier breton inconnu ?

Iseut avait fait tant de sacrifices pour asseoir sa réputation de femme honnête qu'elle déclara tout net à sa servante qu'elle n'avait plus confiance en elle et qu'elle lui défendait désormais l'accès de sa chambre.

Brangien fut au désespoir. Sans le bras de Kaherdin pour la protéger et sans la protection d'Iseut, que lui restait-elle ? Elle se tourna donc vers le roi et lui conta ses déboires, allant jusqu'à lui faire de dangereuses confidences à propos de sa femme et de son neveu.

Le roi Mark l'écouta. Puis il la regarda droit dans les yeux.

— Qui me dit que tu ne me trahiras pas, moi aussi ?

Brangien baissa la tête.

Le roi reprit :

— C'est bien, je parlerai en ta faveur à la reine, mais, de ton côté, tu surveilleras dame Iseut. Tu me rapporteras tout ce qu'elle dira et tu l'empêcheras par tous les moyens de revoir mon neveu.

Brangien y consentit et, en lui donnant son congé, le roi ajouta :

— Si tu me sers bien, je te donnerai une riche dot et tu pourras épouser ton Breton.

Et c'est ainsi qu'Iseut et Brangien devinrent, pour un temps, ennemies mortelles, comme seules deux femmes amoureuses peuvent l'être.

Or, il advint que la nuit de Noël, à la sortie de la messe, la reine ouvrit son aumônière et commença à distribuer des pièces d'or aux mendiants qui se pressaient devant le portail de l'église. Brangien assistait à la scène, attentive et remplie de méfiance, car elle se souvenait des ruses d'Iseut et des déguisements que Tristan était capable d'emprunter pour arriver à ses fins. Elle se rassura. Il n'y avait là que des pauvres hères : culs-de-jattes, aveugles et femmes en haillons entourées de marmots braillards. Le seul qui attira son attention était un pauvre fou qui faisait rire les gens à cause de ses grimaces et de son chef à demi chauve qui lui donnait l'air d'un diable tombé dans une cheminée.

Au-delà de son enveloppe grotesque, cet homme avait conservé une sorte de noblesse dans le geste et le langage qui le rendait tout à fait irrésistible. Iseut aussi avait remarqué ce curieux personnage. À son approche, il se prosterna littéralement dans la poussière et voulut embrasser le bord de sa robe. Ni l'un ni l'autre, cependant, n'eut le loisir d'approfondir leurs impressions, car un homme d'armes fit irruption et chassa ce gueux en le bourrant de coups de pied et en l'injuriant copieusement.

L'incident fut vite oublié et on ne revit pas le mendiant le dimanche suivant ni le reste du mois. Ce n'est qu'au plus fort de l'hiver qu'il réapparut.

Il avait neigé pendant plusieurs jours et il faisait si froid que le roi et la reine, emmitouflés dans leurs pelisses de martre zibeline, ne quittaient pas le coin du feu. Le roi Mark sommeillait, les pieds sur une escabelle*. Iseut brodait en silence. Soudain, elle posa son ouvrage sur ses genoux.

— Entendez-vous ?

Le roi se réveilla brusquement.

— Quoi? Quoi?

— On dirait que quelqu'un chante dehors…

Le roi tendit l'oreille puis se recala dans son fauteuil.

— Ce n'est que le hurlement du vent.

Iseut se remit à manier l'aiguille et de nouveau elle sursauta.

— Cette fois, monseigneur, vous entendez?

Mark, qui s'était assoupi, ouvrit à peine les paupières et marmonna :

— Nenni. Je n'entends rien. Si cela peut vous rassurer, appelez Brangien, elle ira voir.

Iseut fit la moue, car elle évitait le plus possible de demander quelque service que ce soit à son ancienne confidente. Néanmoins, l'idée d'envoyer celle-ci au cœur de la nuitée* et par cette température glaciale ne lui déplaisait pas.

Elle fit donc venir la servante et l'envoya faire le tour du chemin de ronde pour voir ce qu'il en était.

Sans regimber, Brangien se leva et, enveloppée dans une chape fourrée de laine d'agneau, elle visita un à un tous les postes de garde. Personne n'avait rien entendu.

Frigorifiée, elle poussa jusqu'à la poterne du mur nord et là, elle frappa à l'huis du portier.

— Avez-vous entendu quelqu'un chanter?

Le portier, un vieillard chenu et un peu sourd, après lui avoir fait répéter sa question, s'écria:

— Oui, oui! C'est le fou! Il vient souvent. Il veut que je lui ouvre. Il cogne pendant des heures. Il veut voir la reine. On a beau le chasser à coups de bâton, il revient toujours. Parfois, il chante. Mais ce soir, il a fini par se taire. Il doit dormir.

— Dormir?

— Oui, chaque matin, je le retrouve couché en travers de ma porte. Il doit être là comme d'habitude.

Intriguée par ce récit et la description de ce comportement insolite, Brangien demanda au vieux portier de débarrer le lourd portail de chêne et fit quelques pas dans la neige qui recouvrait le seuil et le tablier du pont franchissant les douves. Elle buta contre une masse noire à demi ensevelie.

Il y avait effectivement quelqu'un, couché à cet endroit. Un homme! Un homme presque mort de froid, la barbe et les cils blancs de givre, les lèvres déjà bleuies et les membres soudés par le gel. Prise de pitié, avec l'aide du vieux portier, elle souleva le corps inerte.

— Transportons-le dans ta loge, mets une bûche dans l'âtre pour le réchauffer et trouve lui chaude vêture*.

À l'intérieur du modeste logis, elle déshabilla l'inconnu et lui servit une écuelle de lait de chèvre chaud. Elle reconnut le mendiant qu'elle avait déjà vu sur le parvis de l'église. Le vagabond reprit peu à peu des couleurs et fut saisi de tremblements. Il parlait un dialecte étranger qui ressemblait à du breton. Elle remarqua certains détails qui lui firent douter qu'il fût un simple gueux. En effet, il avait la peau trop blanche et ses mains pas assez cornées n'étaient pas celles d'un vilain. En outre, il portait un peu partout sur le corps des cicatrices dont une à la tête, fraîchement refermée. C'était donc un soldat. Il avait également au doigt une bague de jaspe d'un grand prix qui lui rappelait quelque chose et qui, si elle n'était pas volée, ne pouvait appartenir qu'à un homme de sang noble.

Qui était-il? D'où venait-il? Pourquoi rôdait-il autour du château?

Brangien ne savait que penser.

Ce miséreux, avec son crâne rasé en forme de croix à la manière des fous, lui posait une énigme. Elle éprouvait devant lui un indicible malaise, comme s'il réveillait en elle des souvenirs confus, des images floues que sa mémoire semblait vouloir à tout prix refouler.

C'est la raison pour laquelle Brangien préféra ne pas s'attarder plus longtemps.

— Garde-le pour la nuit. Le roi décidera lui-même de ce que nous ferons de lui.

Elle rabattit son capuchon et ouvrit la porte pour disparaître dans un tourbillon glacé. Un peu plus tard, quand elle se présenta au roi et à la reine, son rapport fut des plus brefs.

— Alors, ma bonne Brangien, c'était bien le vent, n'est-ce pas?

— Non, messire.

— C'était donc quelqu'un qui chantait. J'avais raison, trancha Iseut sur un ton malgracieux*.

— C'était un mendiant, madame, un pauvre fou qui se mourait dans la neige. Je l'ai laissé chez le portier. Il n'était pas chrétien de le laisser dehors par un temps pareil.

Le lendemain, le roi, comme il en avait coutume, recevait des pauvres qui venaient lui demander justice. Il voulut qu'on lui présentât le drôle, sorti de nulle part, qui

272

chantait au gros froid et dormait dans la neige.

Tristan – puisque sous ces oripeaux, c'était bien lui – se prêta volontiers à l'interrogatoire du roi Mark. Mais la conversation prit rapidement un tour incohérent, car Tristan, cette fois, ne mentait pas. Il avait bel et bien perdu la raison et s'il sortit à cette occasion quelques sages paroles, c'est que de la tête des fous s'échappe souvent de profondes vérités.

— Comment t'appelles-tu? s'enquit le roi.

— Je n'ai plus de nom. Je n'ai plus d'âme non plus, ni de cœur. On m'a tout volé.

— Tu as bien une famille?

— Je suis fils de prince et j'ai été un preux chevalier. J'ai combattu des dragons et des géants. Je suis mort deux fois et deux fois une fée m'a ressuscité. Puis un jour que j'avais soif, j'ai vidé une coupe qui contenait un poison qui m'a fait mourir pour de bon.

— Comment ça, tu es mort? fit le roi en souriant. Moi, je crois que tu es surtout le prince des sots.

— Je suis un mort qui marche, monseigneur! Pourtant, je suis bien mort, je vous l'assure, et tout ça à cause d'une femme mariée!

— Tu as donc aimé une femme! s'exclama le roi, mis de bonne humeur par les élucubrations du fol.

— Oui, la plus belle du monde.

— Et qui était le mari cocu?

— Vous-même, majesté.

Le roi Mark pâlit et, une seconde, son visage se rembrunit avant de se détendre et de s'ébaudir*.

— Quel merveilleux gobe-lune*! Tu ferais un excellent bouffon. Meilleur en tout cas que Frocin qui, en ce moment, doit essayer de dérider le diable en son palais infernal.

Et c'est ainsi que Tristan de Loonois, le neveu du roi de Cornouaille, le gendre du duc de Bretagne, le vainqueur du Morholt, le tueur de dragon, le preux chevalier, connu de la Frise à l'Espagne, se retrouva dans l'habit grotesque d'un simple amuseur de cour.

— Hou! hou! Au fou! criaient les valets, dès qu'il paraissait. Allez, raconte-nous une de tes histoires.

Tristan endurait les quolibets et les bourrades. Il riait bêtement ou bien il montait sur un tonneau et partait dans de grands discours.

— Ma mère était une baleine à bosse. Mon père, un vieux taureau dont les couilles

274

traînaient à terre. Ma nourrice avait trois seins et deux culs. Quant à ma sœur, c'était une sacrée paillarde, avec un sexe si grand que lorsqu'elle ouvrait les jambes un chevalier pouvait y entrer à cheval... J'ai aussi vécu dans un palais de cristal construit sur les nuages et j'y emmènerai la reine...

Tout le monde était d'accord. C'était le meilleur bouffon qu'on vit jamais au château. Non pas parce que ses réparties étaient vraiment cocasses, mais surtout à cause de sa gaucherie et de cet air de fausse dignité qu'il affectait alors que toute sa personne n'était qu'objet de dérision.

Bien entendu, personne ne se doutait de sa véritable identité, bien qu'à chacune de ses apparitions la reine et Brangien se comportassent de manière plutôt surprenante. Pour on ne sait quelle raison, elles ne partageaient jamais l'hilarité générale et prenaient plutôt une mine chagrine, comme si, sans trop savoir pourquoi, les pitreries et les paroles saugrenues du bouffon ne faisaient qu'éveiller leur pitié.

En fait, dire que nul ne reconnut Tristan n'est pas entièrement exact. Quelqu'un sut tout de suite qui il était, et ce, sans le moindre doute.

Vieux et perclus de rhumatismes, il dormait roulé en boule dans les herbes et les joncs séchés qui tapissaient la grande salle. Dès qu'il entendit la voix de son ancien maître, il se leva péniblement et vint lui lécher les mains. C'était Husdent, le chien que Tristan avait donné à Iseut. Le brave animal se laissa caresser, puis il regagna son coin et se recoucha.

Le lendemain, on le trouva mort.

Iseut eut connaissance de l'incident du chien. Elle commença alors à éprouver de sérieux doutes. Chaque fois que le bouffon faisait tinter ses grelots, elle ne pouvait s'empêcher de lui trouver quelque chose de familier : un regard, un geste, l'intonation de la voix…

Un jour la vérité la frappa en plein visage. Sous l'enveloppe pitoyable du fou du roi, derrière les grimaces et les cabrioles de celui-ci, elle discerna d'un seul coup le visage aimé, cette bouche tant de fois baisée, ce corps aux formes si longtemps caressées qu'elle aurait pu le reconnaître les yeux fermés.

TRISTAN ! Ce fou était Tristan !

Mais que pouvait-elle faire et quel malheur avait-il bien pu lui advenir pour qu'il perdît ainsi le bon sens et en fût réduit à une si triste condition ? Pour répondre à ces questions pressantes, elle avait besoin de la complicité de Brangien. Elle la fit donc venir et lui proposa un marché.

— Que dirais-tu si je te permettais de revoir ton beau chevalier breton et peut-être de l'épouser?

— Je dirais que je vous en serais infiniment reconnaissante, madame.

— En retour, es-tu prête à m'aider comme autrefois?

Tout heureuse, Brangien opina à cette requête, oubliant du même coup tous ses griefs passés.

— Sais-tu bien qui est le mendiant que tu as recueilli à la porte du château?

— Non, madame, mais je sais que ce n'est point un gueux ordinaire.

— Eh bien, regarde ce que j'ai trouvé dans les guenilles qu'on lui a ôtées.

Iseut tendit la bague de jaspe que Brangien avait déjà vue au doigt de l'inconnu.

— C'est effectivement la bague d'un homme de haute naissance. Je l'avais déjà remarquée.

— Brangien, c'est la bague que j'ai donnée à Tristan quand il a quitté la Cornouaille!

— Alors le bouffon qui fait tant rire notre roi serait…

— C'est lui !

Une fois passée la surprise, Brangien se fit expliquer ce qu'elle aurait à faire pour plaire à la reine.

— Le soir, quand tout le monde sera couché, tu le mèneras chez moi. Il te suivra, il n'a pas plus de tête qu'un enfant.

Brangien promit qu'elle obéirait en tout point. Iseut la serra dans ses bras.

— Soyons de nouveau amies ! Je te demande seulement quelques semaines. Juste le temps de guérir Tristan et de l'avoir près de moi. Je me suis tant langui de lui.

Comme Brangien attendait avant de se retirer, la reine ajouta :

— Quant à ton chevalier, j'enverrai un messager en Bretagne. S'il est vraiment fils de duc, quand il apprendra que son parent et ami est ici, malade et plus misérable que ce pauvre Husdent qui vient de mourir, il accourra et, s'il tient encore à toi...

Brangien soupira :

— Lorsque Kaherdin viendra, il voudra vous enlever Tristan pour le ramener chez lui !

Iseut sourit.

— Qu'importe, j'aurai joui de lui pendant tout ce temps, comme une mère de son enfant. Sauver son esprit malade et son corps meurtri suffira à me consoler. Je suis trop vieille maintenant pour l'aventure. Ce

qui m'importe, c'est que Tristan redevienne
Tristan! Fou, il ne sait plus qui je suis. Il ne
pense plus à moi. C'est comme si je n'exis-
tais plus moi-même. C'est pire que d'être
morte!

X

La mort
des amants

L e mois qui suivit fut sans doute l'un des plus heureux dans la vie d'Iseut la blonde.

Tout se passait comme autrefois et tout était différent. Chaque soir, dans le plus grand secret, Brangien conduisait Tristan dans la chambre d'Iseut et, chaque soir, cette dernière ressentait le même frisson de plaisir qui accompagne les actes qu'on sait défendus. Le roi dormait tout près, masse énorme et terrifiante. Mais Iseut n'avait pas peur. Elle ne se sentait même pas coupable. D'ailleurs, que faisait-elle de répréhensible ? Elle n'était plus l'Iseut d'autrefois, Iseut l'insatiable que Tristan devait bâillonner quand ils faisaient l'amour de crainte que ses gémissements n'éveillent le roi. Quant à son amant d'autrefois, il était aujourd'hui aussi inoffensif qu'un enfançon qui se cache la tête dans le giron de sa mère et mendie les caresses parce que l'obscurité lui fait peur.

Leurs nuits étaient comme une interminable communion. Iseut parlait doucement à Tristan. Il se blottissait contre elle, retrouvant à son contact une sorte de paix intérieure. Parfois aussi, elle le berçait ou lui chantait un vieil air irlandais et des larmes coulaient lentement sur leurs deux visages.

Peu à peu, grâce aux herbes que Brangien allait cueillir sur les indications d'Iseut, Tristan recouvrit des bribes de mémoire et commença à démêler l'écheveau de ses pensées ; ce qui à la fois réjouit et désola la reine. D'une part, elle était heureuse de la lente guérison de Tristan et, d'autre part, elle savait fort bien que plus le temps s'écoulait, plus l'échéance de leur séparation se rapprochait.

Elle avait raison.

Cela se produisit un jour où le roi était à chasser un loup solitaire accusé d'avoir égorgé plusieurs enfants. Iseut était en train de faire boire à Tristan un bouillon de sa composition. Soudain, celui-ci la regarda comme s'il la voyait pour la première fois.

— Iseut! murmura-t-il.

Elle se pencha vers lui et posa ses lèvres sur les siennes. Il ferma les yeux.

Et ce moment dura une éternité.

— Prenez-moi dans vos bras, murmura Tristan. Emportez-moi au Pays Fortuné, le pays dont nul ne revient. Pourquoi attendre? Nous avons bu toutes les misères et épuisé toutes les joies.

Iseut ne répondit pas. Elle se contenta de plonger ses yeux dans ceux de Tristan et y lut toute la détresse du monde.

— Quand les temps seront accomplis, si je vous appelle me rejoindrez-vous?

— Oui, je vous rejoindrai, promit Iseut sans trop savoir si elle s'adressait encore au pauvre fou à l'esprit fêlé ou à son amant retrouvé pour un trop bref instant.

Le soir même, Brangien entra en coup de vent et annonça, radieuse:

— Kaherdin est là, madame. Il a reçu votre message et il veut vous parler sans délai.

Sur la minuit, Iseut le reçut en grand secret, car elle savait que, depuis la mort de Kariado, plusieurs barons avaient juré de se venger d'elle et de tuer Tristan.

Kaherdin entra, enveloppé dans un grand mantel noir et portant sur sa cotte d'armes les trois hermines de Bretagne. Il mit un genou en terre devant la reine.

— Madame, je vous sais gré de m'avoir prévenu. Comment se porte Tristan?

— Mieux. Beaucoup mieux.

— Si vous saviez comme je suis heureux de l'avoir retrouvé. J'ai parcouru nombre de pays à sa recherche pour lui apprendre la grande nouvelle!

— Quelle nouvelle?

— Sa femme attend un enfant de lui.

Iseut blêmit. La voyant vaciller, Kaherdin se précipita à son secours.

— Vous sentez-vous bien, madame?

Elle le rassura et le chevalier poursuivit:

— Je sais, madame, que Tristan vous aime prou*, même s'il a épousé ma sœur. Je ne le condamne point car, sans mentir, vous êtes d'une grande beauté. Plus belle encore qu'il ne vous avait décrite. Je ne le forcerai donc pas à retourner en Bretagne si vous me dites que cet amour est toujours partagé.

Iseut gardait le silence.

Kaherdin crut bon de poser plus directement sa question:

— Madame, aimez-vous encore Tristan? Il est primordial que je sache à quoi m'en tenir.

Iseut savait trop bien le lot de malheurs qui découlerait d'un aveu sincère : la colère du roi Mark réveillée ; cette femme au loin poussée au désespoir avec son enfant dans son ventre ; cet honnête chevalier qui chercherait un jour ou l'autre à se venger ; Tristan, condamné à une vie d'éternel banni ; elle-même arrachée à sa vie paisible et à son amour épuré de tous les excès de la folle passion.

Elle préféra donc mentir.

— Certes, j'ai aimé Tristan, mais aujourd'hui, je n'ai plus que de l'amitié pour lui et de l'affection comme on en doit à un de ses parents.

Kaherdin fixa la reine droit dans les yeux. Iseut baissa le regard.

— Vous mentez, n'est-ce-pas ?

Iseut secoua la tête.

— Qu'importe si je mens ou si je dis la vérité ! Tristan est presque guéri. Il faut que vous l'emmeniez loin d'ici pour notre commun salut.

Kaherdin approuva cette décision.

— Vous avez raison. C'est plus sage…

Kaherdin se retrouva, peu après, en présence de Tristan qui le reconnut aussitôt.

— Kaherdin, c'est vous ?

— C'est moi, beau-frère !

— Que venez-vous faire céans* ?

— Je viens vous chercher. Votre femme vous attend là-bas en Finistère[1]. Elle est grosse de vous.

— Je suis donc marié ?

— Oui, vous l'êtes.

— Mais alors, pourquoi suis-je ici ?

— Vous avez perdu la raison, beau-frère. Un grand coup sur la tête au siège de Castel-Fier et, dans votre folie, vous êtes revenu vers votre ancienne maîtresse*, dame Iseut, qui vous a soigné.

Tristan se frotta le front, visiblement confus.

— Voyons, je ne comprends pas. Si je me suis tourné vers elle, cela veut dire que c'est elle que j'aime…

— Peut-être. Seulement, de son côté, dame Iseut ne vous aime plus. Elle me l'a dit. Vous n'avez donc plus rien à faire ici, sinon risquer inutilement votre vie et salir l'honneur de la reine. Allons, beau-frère, secouez-vous ! Revenez avec moi en Bretagne. Vous finirez par oublier Iseut et par

---

1. Pointe extrême de la Bretagne.

aimer ma sœur. L'amour est aussi affaire d'habitude et, à force de soin, il peut s'épanouir où on ne pensait pas.

Tristan, dont la mémoire peu à peu s'éclaircissait et replaçait bout à bout toute la succession des événements, se révolta :

— Non, cela n'est pas possible ! Iseut ne peut me désaimer*. Elle m'a donné mille preuves du contraire.

Kaherdin voulut le calmer. Tristan le bouscula et courut jusqu'à la chambre de la reine. La porte était verrouillée. Il frappa dessus à grands coups de poing.

— Ouvrez-moi, Iseut !

— Allez-vous-en ! répondit la reine d'une voix étranglée.

— Je vous aime !

— Allez-vous-en, ne me torturez pas davantage.

Kaherdin et Brangien arrivèrent à leur tour. Tristan avait le front appuyé sur la porte et tenait des propos plus ou moins cohérents. Brangien frappa, elle aussi, à l'huis.

— Ouvrez, madame !

— Laisse-moi ! Pars aussi ! Tu prendras soin de lui ! répondit Iseut d'une voix mourante. Laissez-moi en paix. Je vous en supplie.

Ce qui advint dans les mois qui suivirent ne vaut pas la peine qu'on s'y attarde. Période de trêve et de bonheur si l'on considère comme le sage que le bonheur n'est souvent qu'absence de malheur.

Tristan revint en Bretagne où il retrouva bientôt toute sa vigueur, son esprit et sa belle apparence. Kaherdin épousa Brangien qui tomba aussitôt enceinte et se lia d'amitié avec Iseut aux blanches mains, dont le ventre s'arrondissait un peu plus chaque jour. Quant à Iseut la blonde, elle retourna s'asseoir au coin du feu, près de son vieux mari, pour s'enfermer, paupières bien closes, dans le jardin de ses rêves.

Le monde semblait avoir retrouvé un semblant d'équilibre dans la succession rassurante des gestes quotidiens qui adoucissent les souvenirs les plus douloureux, comme le retour régulier des vagues sur la plage fait oublier la tempête.

Les femmes étaient à leur rouet et à leurs fuseaux. Les hommes nourrissaient leurs chiens et jouaient aux échecs. Les meschines lavaient les draps. Les valets pansaient les chevaux et changeaient la paille des chambres. Sur les remparts, les soldats sonnaient les heures du jour. Les cloches appelaient à la messe. Le cœur du monde semblait battre de nouveau à un rythme régulier.

Mais le destin est comme un orage d'été. Il frappe toujours le soir après une belle journée chaude, quand tout un chacun aspire au repos.

On était à la Saint-Jean et des feux de joie s'étaient allumés un peu partout. Tristan était auprès de sa femme et avait posé sa main sur son ventre rebondi pour sentir l'enfançon qui s'y trouvait et donnait des coups de pied. Un psautier enluminé à la main, Iseut aux blanches mains souriait, heureuse.

Soudain, le connétable de Bretagne, un certain Tanguy Barbe-torte fit irruption. Deux vassaux du duc venaient de ranimer les cendres encore chaudes de la guerre. Tristan de Gaël, dit Tristan le Berger, un humble banneret qui élevait des moutons sur ses terres, venait de se faire enlever sa fiancée par le vicomte Hervé de Malestroit. Le duc avait promis d'aider le seigneur de Gaël à obtenir réparation. Mais le vicomte, au lieu de restituer la demoiselle, avait fait décapiter les deux émissaires ducaux et suspendre leurs têtes sanglantes à la herse de son château. L'offense ne pouvait rester impunie. Kaherdin avait déjà battu le rappel des troupes de Bretagne et une armée marchait sur le Morbihan pour châtier le ravisseur.

Comme les autres, Tristan fit donc harnacher lui aussi son cheval de bataille et enfila une fois de plus son haubert à demi démaillé et rouillé par endroits. Ses vieilles blessures lui faisaient mal et, une fois les sangles de sa monture resserrées, il fallut qu'un de ses écuyers l'aide à monter en selle. Iseut aux blanches mains, soudain très pâle et pitoyable avec son gros ventre, lui tendit son épée et son écu. Tristan éperonna son cheval. Lorsqu'il franchit l'enceinte de sa demeure, pour la première fois, il versa une larme en se retournant pour faire signe à sa femme.

Dès le départ, cette guerre laissait augurer un désastre. Il commença par pleuvoir des jours et des jours. L'armée s'égara dans les chemins creux où elle s'embourba. Plusieurs chevaliers se noyèrent en traversant à gué les rivières gonflées par les pluies. Plusieurs autres moururent d'un mystérieux mal de boyaux contracté en buvant de l'eau croupie. En outre, le vicomte Hervé était un fin renard qui refusait toute bataille rangée. Il restait insaisissable et avait à gages des bandes de gueux, armés de haches et de faux, qui tombaient sur les cavaliers attardés et leur tranchaient la gorge.

Le seul vrai engagement de cette campagne eut lieu sur le pont enjambant l'Oust. Tristan y fit merveille, culbutant une douzaine d'adversaires dans les eaux sombres de la rivière. C'est là aussi que hélas, trois fois hélas! il reçut une sagette* dans la poitrine, juste au-dessus du cœur. Le trait avait percé la cotte de mailles et s'était enfoncé profond dans les chairs.

Kaherdin, qui combattait à ses côtés, vit bien qu'il était touché et lui demanda:

— Êtes-vous blessé, beau-frère?

Tristan plaisanta:

— Ce n'est rien! Juste une piqûre de guêpe.

Kaherdin ne put en savoir davantage, car la mêlée l'emporta plus loin. Il ne put donc voir Tristan grimacer de douleur avant de chuter de cheval, sans connaissance. Ce n'est qu'après la bataille que l'on comprit l'étendue du malheur qui venait de frapper la maison de Bretagne.

Tristan fut ramené au camp et couché dans le pavillon du duc Hoël. Il souffrait atrocement et avait perdu beaucoup de sang. Il se tourna vers Kaherdin et lui montra le boujon* de la flèche, fiché au milieu de sa cotte rougie de sang.

— Arrachez-la! Allez-y!

Kaherdin empoigna l'extrémité du projectile et tira de toutes ses forces. Tristan poussa un hurlement qui fut entendu à l'autre bout du camp. Kaherdin agrippa de nouveau la flèche et tenta de l'extraire, dents serrées et muscles tendus. Las*! Le bois cassa et le fer resta au fond de la blessure.

— Désolé! s'excusa Kaherdin en versant sur la plaie un pichet d'eau-de-vie. Il n'y a plus qu'un seul moyen!

Et d'un solide coup de son gantelet de fer, il assomma Tristan. Puis, à l'aide d'un poignard bien affilé, il ouvrit largement la blessure. Le sang gicla. Kaherdin tailla de plus belle et plongea les doigts dans l'ouverture béante pour finalement en ressortir la pointe de métal meurtrière.

Tristan reprit conscience, le visage tordu de douleur.

— Je l'ai! s'écria triomphalement Kaherdin. Ami, après une bonne nuit de repos, vous serez sur pied.

Hélas, encore hélas! il n'en fut rien. Quand le chevalier breton revint au matin s'informer de l'état de son beau-frère, il constata que celui-ci était brûlant de fièvre.

Tristan délirait et ses bandages étaient imbibés de sang.

Kaherdin gifla l'écuyer chargé de veiller le blessé.

— Pourquoi ne m'as-tu pas réveillé, imbécile ?

Prévenu, le duc vint à son tour au chevet de Tristan et un seul coup d'œil au visage livide de celui-ci suffit à le convaincre que la vie de son gendre était en grand danger.

— Kaherdin, mon fils, prenez quelques hommes sûrs et escortez-le jusque chez lui. Prévenez votre sœur. Faites aussi venir votre femme. Ne dit-on pas qu'elle a appris de son ancienne maîtresse le secret des plantes qui guérissent. Peut-être réussira-t-elle à le sauver.

Il fallut près de cinq jours pour ramener Tristan, allongé au fond d'un mauvais chariot qui lui arrachait des cris de souffrance à chaque tour de roue.

Quand elle vit venir de loin le triste convoi précédé de son frère, Iseut aux blanches mains eut tout de suite un mauvais pressentiment et dévala les escaliers en se tenant le ventre. Le chariot était déjà dans la cour. Elle écarta la bâche de toile huilée. Exsangue, Tristan était couché sur la litière de paille, la main sur sa poitrine.

Il s'efforça de lui sourire.

— Ce n'est rien, ma mie. Ne vous alarmez pas.

Quatre serviteurs le portèrent dans sa chambre et Brangien, qui venait également d'arriver, examina la blessure. Cette dernière sentait mauvais et était grouillante de vers. Brangien la nettoya et la badigeonna de blanc d'œuf pour arrêter le saignement. Elle plaça dessus un emplâtre de fleurs de sureau, de jus de plantain, d'ache, de fenouil et de sel, puis elle fit boire au blessé une drogue puissante qui calma la douleur.

— La blessure est infectée et je ne suis pas assez savante pour arrêter la progression du mal. Il n'y a qu'une personne qui puisse le faire.

Cependant, elle n'osa pas en dire davantage, de crainte d'offenser Iseut aux blanches mains qui, malgré son état, ne quittait pas un seul instant son mari, lui baisant la main et lui épongeant le front.

Touché par tant de dévouement, Tristan lui dit :

— Ma mie, allez prendre du repos et demandez à Kaherdin de venir. Je veux lui parler.

Iseut alla quérir son frère, mais au lieu de se retirer dans une autre chambre, elle resta cachée derrière les courtines du lit pour écouter la conversation entre les deux hommes.

C'est Tristan qui ouvrit la bouche le premier :

— Beau-frère, je vais mourir.

— Ne dites pas cela. Brangien est partie cueillir des herbes pour vous, elle vous tirera de là.

— Beau-frère, je sais que la Mort m'attend... Une seule femme pourrait m'arracher de ses griffes, mais elle ne le fera point, car elle n'a plus d'amour pour moi.

— Vous pensez à la reine Iseut.

— Oui.

— Eh bien, beau-frère, si elle a le pouvoir de vous guérir, Dieu m'est témoin, j'irais la chercher, de force s'il le faut.

Tristan l'arrêta.

— Je sais un autre moyen. Apportez-moi ce coffret qui est là-bas.

Kaherdin fit ce qu'il demandait et Tristan ouvrit la boîte avec difficulté. Il en tira une bague.

— Prenez cette bague de jaspe et montrez-la à la reine. Jadis, elle m'offrit ce joyau en me promettant que, dès que je le lui ferai porter par un messager, elle viendrait me rejoindre au bout du monde s'il le fallait, car elle saurait que je suis en danger de mort.

295

Kaherdin prit le bijou.

— Ne vous inquiétez mie*. J'irai et je la ramènerai.

Tristan, épuisé, se dressa sur sa couche et rappela son beau-frère avant qu'il ne sorte :

— Faites vite. Je ne sais pas si j'aurai la force d'attendre votre retour. Alors convenons de ceci : quand vous reviendrez dans deux semaines, dès que vous verrez la côte bretonne, hissez une nouvelle voile. Qu'elle soit blanche si Iseut la blonde vous accompagne. Qu'elle soit noire si la reine n'est point avec vous. Mes guetteurs la verront de loin et je saurai s'il vaut encore la peine que je m'accroche à la vie.

Kaherdin opina du chef et partit sur-le-champ, faisant retentir le château de ses ordres.

— Que l'on selle incontinent* mon meilleur coursier ! Qu'on me trouve un navire rapide !

Alertée, Brangien se mit aussi à courir pour hâter les préparatifs du voyage.

La seule qui demeura invisible fut Iseut aux blanches mains. Iseut qui avait tout entendu et qui gisait, tombée en pâmoison, derrière les tentures où elle s'était dissimulée.

Kaherdin mit trois jours à trouver une nef en partance pour la Cornouaille. Il lui en fallut trois autres pour gagner Tintagel où il se présenta à la reine, déguisé en orfèvre-joaillier.

Assise sur son trône aux côtés du roi, Iseut lui accorda donc une audience sans se méfier. Kaherdin déballa devant elle un lot de magnifiques parures et bijoux, empruntés au trésor de Bretagne.

— Voici un torque d'or fin qui vient d'Irlande et cette belle agrafe ornée d'émaux est d'origine franque. Mais peut-être préférez-vous ce collier d'ambre de la Baltique ou mieux cette bague magnifique. Tenez, prenez-la.

Iseut enfila l'anneau. Elle reconnut la bague de Tristan et devint toute pâle.

— Et cette bague, combien en veux-tu?

Kaherdin répondit :

— Elle n'a pas de prix, majesté. Le chevalier qui me l'a confiée était mourant. Il m'a dit : offre-la à la plus belle. Elle est donc à vous.

Le roi Mark releva l'enchériment*.

— Voici un marchand bien galant, madame. Tenez l'ami, voici mille livres esterlin*.

297

Je pense que c'est assez généreux. La pierre de jaspe est belle, mais la monture est vieille et usée.

Iseut, elle, ne quittait pas des yeux Kaherdin et tournait nerveusement la bague autour de son annulaire.

— Parle-moi un peu plus de ce chevalier si courtois. Veux-tu bien?

Kaherdin prit un air affligé.

— Ce chevalier a reçu une flèche dans la poitrine et il se meurt. Seule une femme de sa connaissance pourrait le sauver, mais je ne sais pas si elle voudra le secourir, car elle est mariée et a connu bien des malheurs à cause de lui. Il pense même qu'elle l'a renié et qu'au fond elle sera peut-être soulagée s'il meurt.

Iseut sursauta.

— Cette femme serait bien cruelle d'agir ainsi. N'est-ce pas, messire?

Le roi approuva sans saisir le moindrement les sous-entendus contenus dans ce dialogue en apparence si anodin.

— As-tu d'autres bijoux à me montrer? interrogea Iseut, soucieuse d'en savoir plus.

— Certainement. J'ai des perles d'orient, des peignes d'ivoire, des bracelets d'argent et des camées anciens…

— Pourrais-je les voir?

— Hélas non, majesté, mon navire met à la voile demain, dès l'aube, à marée haute.

Kaherdin fixa alors Iseut avec une insistance calculée et lut dans ses yeux qu'elle avait saisi le message. Il plaça sa main droite sur son cœur, s'inclina lentement, puis sortit en marchant à reculons.

Dès qu'elle se retrouva seule, Iseut s'enveloppa dans un manteau de drap fin, et son coffre à remèdes sous le bras, elle se dirigea vers les écuries d'où elle ressortit, montée sur sa jument préférée.

Le roi Mark l'attendait à la porte du château et l'arrêta en saisissant son cheval par la bride.

— Où allez-vous, madame?

Iseut redressa le buste et le foudroya du regard.

— Monsieur mon mari, vous souvenez-vous de la promesse que vous m'avez faite quand, jadis, je me soumis pour l'amour de vous au jugement de Dieu?

Le roi parut embarrassé.

Plus belle et plus fière que jamais, Iseut lui lança:

— Roi Mark, vous me fîtes don d'un vœu en blanc en me promettant que, lorsque je le voudrai, je pourrais vous demander n'importe quelle faveur. Eh bien, je veux que vous vous écartiez et que vous me laissiez aller où je dois aller et voir qui je dois voir.

Confus, le roi Mark libéra le cheval qui se cabra et faillit lui décocher un coup de sabot.

— Quand reviendrez-vous?

— Dieu seul le sait! Mais rassurez-vous. Je peux vous affirmer que ma conduite est honnête et que vous n'aurez pas à rougir de moi.

— Alors, je vous souhaite bonne route! Adieu, ma mie!

Iseut talonna sa monture et elle disparut en direction du port où Kaherdin l'attendait déjà, à bord de sa nef.

Lève l'ancre, tire sur les cordages pour monter la grand-voile qui claque au vent et se gonfle sous le souffle puissant du vent du large, le vaisseau fut bientôt en haute mer, cinglant plein ouest pour doubler les îles Scilly avant de piquer vers le sud.

Pendant tous ces longs jours, au loin, Tristan continuait de se débattre entre la vie et la mort. Il souffrait le martyre et, chaque heure, il envoyait un serviteur sur le rivage ou au sommet de la plus haute tour pour voir si une nef était en vue. Parfois, il se faisait même porter en litière au bord de l'océan pour scruter l'horizon de ses propres yeux.

Rien. L'océan restait vide.

Bientôt son état empira de telle manière qu'il ne pût être déplacé. Son corps n'était qu'une plaie vive. Sa vue se brouillait et il sentait ses forces décliner.

Brangien, qui passait des heures à lui changer ses pansements souillés et à lui faire absorber mille potions, toutes aussi inutiles les unes que les autres, tomba malade à son tour et dut s'aliter. Seule Iseut aux blanches mains demeura près de lui.

À elle aussi, Tristan demandait régulièrement :

— Ma mie, allez à la fenêtre et dites-moi si vous ne voyez rien venir ?

Et Iseut, obéissante, se levait péniblement, allait jusqu'à la croisée et lui faisait chaque fois la même réponse :

— Je ne vois nul navire !

Et chaque fois, Tristan s'affaiblissait un peu plus, comme si ces mots entraient en lui comme des coups d'épée.

Pourquoi la nef de Kaherdin tardait-elle tant ? C'est que l'océan est capricieux et semble parfois trouver plaisir à déjouer les plans des hommes.

Jusqu'au milieu de la traversée, en effet, tout était allé à merveille. Le bateau, porté par une bonne brise, filait vent arrière et son étrave fendait la vague avec une telle vitesse que des dauphins vinrent jouer à proue, sautant hors de l'eau et filant de chaque bord de la coque comme pour ouvrir le chemin.

Bref, des conditions idéales jusqu'aux abords des îles d'Ouessant où, d'un seul coup, les choses se gâtèrent et la laidure* s'installa. Les dauphins disparurent en poussant de petits cris. Le vent vira de bord et charria de gros nuages noirs qui crevèrent en déchaînant un déluge de pluie et de grêle. Les vagues se creusèrent et le vent s'enfla encore. La nef commença à embarquer des paquets de mer en plongeant du nez dans la houle blanchie d'écume. Les mâts craquaient. La grand-voile se déchira et, un à un, haubans et boulines* se rompirent. Plusieurs marins accrochés aux vergues furent emportés. L'homme de barre lui-même fut projeté à la mer, ce qui força Kaherdin à empoigner le lourd timon du gouvernail.

— Attachez la dame au mât! cria-t-il. Abattez la toile et mettez-vous aux avirons! Souquez! Souquez!

Grâce à lui, finalement, la nef se redressa et cessa de faire eau à chaque lame qui déferlait sur le pont.

Dans un moment d'accalmie, il lança à Iseut:

— Madame, si vous connaissez de bonnes et belles prières, c'est le moment de les dire, car, à l'estime, nous avons été poussés jusqu'aux îles Chausey et ce lieu est maudit.

Trempée, Iseut n'avait pas attendu cette invitation pour invoquer saint Nicolas, protecteur de tous ceux qui voyagent sur les flots. Mais c'est à Notre-Dame qu'elle s'adressa avec le plus de ferveur, lui demandant que, si elle devait trépasser, elle la fasse mourir entre les bras de son amant.

Miracle ou hasard, juste au même moment, la fureur des éléments s'apaisa. Le vent tourna de nouveau et, bientôt, du haut de la hune, l'homme de vigie cria :

— Terre en vue ! Droit devant.

Kaherdin fit aussitôt hisser une grande voile blanche, car les côtes de Bretagne commençaient à se dessiner nettement.

Tout heureux, Kaherdin annonça à Iseut :

— Avec cette brise, dans deux heures, nous verrons les tours du château.

Las ! Il ne tarda pas à regretter ces paroles imprudentes. Comme par enchantement, le vent tomba à l'instant même et la nef fut saisie par un courant violent qui l'éloigna de la rive. Kaherdin eut beau déployer tous ses talents de manœuvrier, louvoyant et cherchant le moindre souffle, le navire n'avançait pas d'une encablure. C'est à peine s'il réussissait à ne pas dériver davantage.

Iseut, qui s'était installée à l'avant, se tordait les bras de désespoir, prise d'un sombre pressentiment.

Quatre jours s'écoulèrent. Prostré sur sa couche, Tristan sentait la mort qui lui glaçait les veines. L'intolérable brûlure qui lui torturait le corps s'était calmée et sa vie s'éteignait lentement, comme la flamme d'une chandelle qui achève de fondre.

Il fit donc appeler son chapelain à qui il se confessa après avoir écrit à son oncle une dernière lettre qu'il fit rouler et sceller de son sceau. Puis, couché à terre sur un lit de cendres en forme de croix[2], il attendit que la vie se retire de lui, avec le courage et la résignation du chevalier qui mène son dernier combat.

Dehors, après la tempête, le soleil s'était remis à briller sur la mer qui, elle aussi, avait retrouvé son calme. À bord de la nef, l'espoir était revenu. Un vent favorable s'était mis à souffler et à tendre de nouveau la grand-voile. Bientôt, la côte bretonne réapparut.

De plus en plus angoissée, Iseut s'informa auprès de Kaherdin :

— Dans combien de temps toucherons-nous terre ?

— D'ici une ou deux heures. Écoutez ! Les guetteurs nous ont déjà repérés.

Effectivement, sur tout le rivage du Finistère, de la pointe Saint-Mathieu à celle du Raz, les hommes postés par Tristan avaient embouché leurs olifants pour

---

2. Signe d'humilité.

annoncer la nouvelle de l'arrivée du vaisseau tant attendu.

Dans sa chambre, Tristan entendit les longs appels de cor. Il ouvrit les yeux et tendit la main vers Iseut aux blanches mains.

— Écoutez!

Elle se leva et alla à la fenêtre, aussi vite que lui permettait son état.

— C'est Kaherdin! s'exclama-t-elle. Il ramène d'au-delà des mers le mire merveilleux qui doit vous sauver. Je vois le navire. Il entre dans la baie.

Tristan se redressa avec effort.

— La voile? De quelle couleur est la voile?

Iseut aux blanches mains se pencha et vit très bien que la voile était d'un blanc immaculé. Mais elle vit aussi, près de son frère, une femme blonde d'une grande beauté qu'elle reconnut sans jamais l'avoir vue. Et à la vision de cette femme haïe entre toutes, elle se laissa envahir par une immense vague de jalousie.

Le corps tendu dans un appel désespéré, Tristan répéta sa question:

— De quelle couleur est la voile? Je vous en supplie.

Alors, Iseut aux blanches mains revint vers son époux et sans sourciller, les yeux dans les yeux, un sourire sur les lèvres, elle lui répondit :

— Elle est noire.

Tristan poussa un long râle en se tournant de côté. Par trois fois, il répéta à voix basse :

— Iseut... Iseut... Iseut !

Et à la troisième fois, il rendit l'âme.

Quand elle se rendit compte de l'énormité de son crime, Iseut aux blanches mains devint comme folle. Elle se lacéra le visage de ses ongles, s'arracha les cheveux et, la robe déchirée, elle parcourut les salles du château en hurlant et en battant sa coulpe* :

— Tristan est mort ! Tristan est mort par ma faute ! J'ai tué mon époux ! Maudite ! Je suis maudite !

La nouvelle se répandit sur-le-champ. Elle vola de bouche en bouche et de maison en maison. Les cloches des moutiers* et des couvents l'apprenant à ceux qui ne le savaient pas encore, si bien que, lorsque la nef de Kaherdin accosta au quai de bois, toute la ville de Dinan était déjà au courant.

En voyant tout ce monde qui se pressait vers le château et en entendant tous ces cris et ces pleurs, Iseut la blonde sut tout de suite qu'un grand malheur était arrivé. Kaherdin arrêta un vieillard qui, les yeux au ciel, se signait et se frappait la poitrine sans arrêt.

— Que se passe-t-il, noble vieillard?

— Il y a que notre seigneur Tristan est mort et que sa femme, au comble du désespoir, s'est jetée à la mer du haut de la falaise, avec l'enfant qu'elle portait. Malheur à nous! Malheur!

Sous le choc, Kaherdin resta comme pétrifié et ne put retenir Iseut qui s'élança en courant à corps perdu dans les rues en pente menant au château.

Deux fois au moins, elle déchira son bliaud en tombant. Deux fois, elle se releva, les cheveux défaits, le bandeau* dégrafé. Tous ceux qui voyaient cette femme extraordinairement belle, le visage ruisselant de larmes, se demandaient qui elle était et s'écartaient respectueusement pour la laisser passer.

Quand Iseut pénétra dans l'enceinte du château, elle aperçut Brangien en pleurs et se jeta sur elle.

— Où est-il?

D'un geste, Brangien lui indiqua une des fenêtres au sommet de la grande tour. Iseut souleva le bord de sa robe tachée de boue et se précipita dans l'escalier.

Hors d'haleine, elle fit irruption dans la salle d'armes où Tristan était exposé, allongé, les mains jointes en prière, sur un lit d'apparat recouvert d'un drap de velours aux armes du Loonois. Lavé et parfumé à la myrrhe et à l'aloès par les soins de Brangien, revêtu par ses écuyers de son haubert, de ses chausses de fer et de sa cotte d'armes brodée d'hermines, l'épée au côté et un cierge à la main, il semblait dormir, les paupières fermées et un sourire triste sur les lèvres.

Iseut s'agenouilla devant le lit funèbre et sanglota :

— Ami Tristan, pourquoi ne m'avez-vous pas attendue ? Quelle raison ai-je d'exister désormais ?

Sur ce, elle monta sur le lit et s'étendit contre Tristan qu'elle enlaça tendrement.

— Puisque je n'ai pu vous rejoindre assez vite pour vous ramener à la vie, c'est moi qui vous retrouverai dans la mort. Ainsi nous serons réunis pour toujours...

Au moment même où Kaherdin et Brangien entraient dans la pièce, elle baisa Tristan sur la bouche et soupira :

— ... parce que ni vous sans moi, ni moi sans vous !

Ainsi mourut Iseut la blonde et ainsi se termine cette histoire, car le reste vaut-il la peine qu'on le conte?

On dit que le roi Mark, quand il lut la lettre que lui avait écrite son neveu, se coucha et ne se releva plus jusqu'à ce que la mort veuille bien de lui. On dit que la mer ne rendit jamais le corps de la pauvre épouse de Tristan et que parfois son fantôme, un bébé dans les bras, vient hanter les plages et les rochers déchiquetés de la pointe de Dinan. Que devinrent Kaherdin et Brangien? Eh bien, ils vécurent très vieux et s'aimèrent de la grande amour* tout au long de leur vie.

Quant à Tristan et Iseut, on raconte qu'après avoir embaumé leurs corps avec du vin, du piment et des aromates, on les enterra dans le même cercueil, tels deux nouveaux mariés. Le duc de Bretagne leur fit élever un splendide tombeau de calcédoine et de béryl, sur lequel on plaça deux gisants de marbre blanc représentant les deux amants enlacés, lèvres soudées.

On rapporte aussi que quelqu'un planta, à l'entrée de ce mausolée, une vigne sauvage qui bientôt s'enroula autour des colonnes de pierre et qu'un peu plus tard un oiseau apporta une graine et qu'un rosier poussa au même endroit, si bien que les tiges des deux plantes s'entrecroisèrent et se mêlèrent si intimement que les grappes de raisin et les roses rouges odorantes mûrissaient et fleurissaient côte à côte. On essaya bien de tailler les deux arbustes, mais ils repoussèrent, encore plus étroitement confondus.

Des Anciens prétendent que ce prodige avait un sens : dans l'autre monde, les deux amants avaient enfin trouvé le bonheur pour l'éternité.

Ici finit le roman de Tristan et Iseut. À tous les amoureux, fous de désir et de passion, le conteur vous dit salut !

LEXIQUE

Accoler : embrasser en prenant par le cou
Acorte : joile, charmante
Adonc : donc, alors
Adouber : armer un chevalier
Advenue : retour
Affiquets : parures
Amour *(la grande)* : l'amour passion
Arder : brûler
Assoté : être fou de
Attifuré : vêtu
Aucuns *(d')* : certains
Aumonière : bourse à la ceinture
Bachelier : jeune homme sans fief (terre)
Bagues : bagages
Bailler : donner
Baiser de paix : baiser de réconciliation
Bandeau : large ceinture qui servait de corset
et soutenait la poitrine.
Barbon : vieillard
Batel : bateau, barque
Beau-semblant *(faire)* : mentir
Bec à bec *(au)* : de vive voix
Beffroi roulant : tour mobile
Béguin : bonnette

Béjaune : ignorant, naïf

Bifide : fourchu

Bliaud : tunique portée par dessus la chemise

Bombarde : instrument à vent, ancêtre du basson

Bordeaux : bordels

Boujon : bois de la flèche

Bouline : cordage servant à tendre une voile en biais

Bourseron : bourse

Bouteiller : responsable des caves royales

Brachet : chien de chasse

Braies : pantalon grossier

Brant : grande épée maniée à deux mains

Bref : lettre

Brétêche : logette à mâchicoulis en saillie utilisée comme ouvrage de défense

Brocart : étoffe brochée d'or et d'argent

Brogne : tunique de cuir renforcée de plaques de métal

Cabale : complot

Caquet perfide : mauvaise langue

Caroler : danser en faisant la chaîne

Céans : ici

Cendal : demi-soie

Cervoise : bière d'orge et autres céréales

Chagrin : triste

Chainse : chemise

Chaire : chaise

Chalonge : défi

Chambellan : homme chargé du service de la chambre du roi

Chambre des dames : pièce réservée aux femmes

Chancelier : garde des sceaux

Chape : manteau

Chapel : partie du haubert formant capuchon

Chapelain : prêtre en charge de la chapelle royale

Chattemite : hypocrite

Chausse(s) : sorte de culotte de fer qui couvrait le corps depuis la taille jusqu'aux pieds

Chaut *(cela ne me chaut guère) :* cela ne me tente pas

Chef : tête

Chenu : vieux, les cheveux blancs

Chétif : maigre, malade

Chicheté : avarice, pingrerie

Cilice : chemise de crin ou étoffe rude portée pour se punir

Cliquette : claquette, crécelle

Complies : neuf heures du soir

Connétable : commandant suprême des armées

Coquefredouille : coquin

Coulpe *(battre sa) :* se frapper la poitrine en signe de repentir

Coupe-jarret : assassin

Courtine : rideau

Croisée : fenêtre

Cuider : croire, imaginer

Dam *(au grand) :* au grand dépit

Débours : dépense

Déclore le bec : faire parler
Défense *(faire)* : interdire
Dépriser : déprécier
Déquiété : inquiet
Désaimer : ne plus aimer
Détestation : animosité
Dévergogné : dévergondé
Deviser : discuter
Dextre : droite
Dolent : souffrant, triste
Donzelle : jeune fille
Douer : donner en héritage
Drue : amante
Ébaubi : stupéfait
Ébaudir *(s')* : se réjouir, s'amuser
Écorne : affront
Électrum : alliage naturel d'or et d'argent
Émaux champlevés : émaux insérés dans
    des alvéoles de cuivre
Émerveillablement : merveilleusement
Émeuvement : émotion
Enchériment : compliment
Enfançon : bébé
Ensommeillé : endormi
Escabelle : siège sans dossier
Esterlin : ancêtre de la livre sterling
Estoc *(d')* : de la pointe de l'épée
Étouffade *(à l')* : très fort
Fable : récit, histoire
Farine *(de la même)* : semblable

Faubourg : partie de ville en dehors de l'enceinte fortifiée

Fauchon : couteau en forme de faux

Faux-besant *(ne pas valoir)* : ne pas valoir plus qu'une pièce de fausse monnaie

Féal *(féaux)* : sujet fidèle et loyal

Feintise : ruse

Félon : traître

Férir : frapper à coups d'épée

Férir *(sans coup)* : sans combattre

Fermail : agrafe de manteau

Fibule : épingle

Forcer *(qqun)* : violer

Forfaiture : acte déshonorant

Franchise : droiture, loyauté

Frein : partie du mors

Froidureux : très froid

Gaber : plaisanter

Gaberie : plaisanterie

Garcelette : jeune fille

Gausser *(se)* : se moquer

Géantin(e) : immense

Gens de pié : fantassin

Génuflexer : s'agenouiller

Gerfaut : oiseau de proie

Geste : récit épique

Gobe-lune : fou

Gonelle : robe longue

Graal : vase dans lequel saint Joseph d'Arimathie recueillit le sang du Christ et qui devint le symbole de la rédemption du monde.

Groigne : grogne, colère

Guimpe : voile enveloppant le visage, porté par les veuves et les femmes mariées

Hacher menu : tailler en pièces

Hanap : coupe précieuse

Haquenée : jument docile pour les dames

Hoir : héritier

Homme lige : homme entièrement dévoué

Honni : détesté

Horion : coup sur l'oreille

Hourd : construction en encorbellement au sommet des tours et des murailles

Huis : porte

Hurlade : hurlement

Hydromel : boisson alcoolisée à base d'eau et de miel

Hypocras : vin aromatisé et épicé

Immutable : immortel

Incontinent : tout de suite

Jactance : bavardage

Jeunet : jeune

Jouvenceau : jeune homme

Jouvencelle : jeune fille

Ladre : lépreux

Lai : poème narratif ancien

Laidure : mauvais temps

Larron des mers : pirate

Las : hélas

Liard *(ne pas donner un liard)* : ne rien donner

Logres : royaume supposé d'Arthur

Maisnie : membres d'une même maison seigneuriale
Maîtresse : femme aimée
Malgracieux : désagréable
Manant : paysan, homme du peuple
Mander : demander, faire venir
Manne : panier
Mantel : cape portée sur les épaules
Marc : dix sous ou une demi-livre
Marche : frontière
Marir : affliger, peiner
Marmouset : garçonnet
Marotte : sceptre grotesque des fous
Matines : minuit
Méchantise : méchanceté
Membrature : stature
Merci : pitié
Meschine : servante
Mésel : lépreux
Meshui : maintenant, dès aujourd'hui
Mie : pas du tout
Mignote : coquette, mignonne
Mire : médecin
Moutier : monastère
Nautonier : marin
Navrer : blesser
Navrure : blessure
Nenni : non
Nielle : incrustations d'émail noir
Ni mot, ni miette : rien
Noise (chercher) : chercher querelle
Nuitée : nuit

Occire : tuer

Oindre : masser avec de l'huile

Olifant : cor

Onques : personne

Orfroi : bande tissée d'or et d'argent ornant les vêtements.

Oriflamme : petit étendard

Ost : armée

Ouïr : entendre

Palefroi : cheval de parade

Pâmoison (en) : évanoui

Paonner (se) : se vanter

Parfin (à la) : à la fin

Parladure : pâtois

Partement : départ

Pécunes : argent

Pelisson hermin : vêtement de dessous de soie et de toile fourré d'hermine

Pensement : réflexion, pensée

Petite-Bretagne : Bretagne française, Armorique

Pictes : Écossais

Plaise à vous : s'il vous plaît

Porte-faix : porteur, homme de peine

Potron-minet : à l'aube

Poutouner : embrasser, cajoler

Presse : foule

Prime (de) : dès l'abord

Prud'homme : homme sage

Prou : beaucoup

Rebec : sorte d'ancien violon

Rebéquer *(se)*: se rebeller
Rebours *(au)*: au contraire
Rechignement: refus
Reclosé: réfugié
Remparé *(bien)*: bien protégé
Rets: filets, piège
Ribaude: prostituée
Rober: voler
Rote: ancien instrument à cordes pincées
Roncin: cheval pour tous les usages
Sagette: flèche
Samit: étoffe de soie, de velours ou de satin
Sénéchal: grand officier du palais
Senestre: gauche
Sixte: midi
Sottard: sot
Squameux: couvert d'écailles
Surcot: sorte de chasuble armoriée portée par-dessus la cotte de mailles (pour les hommes); robe de dessus, souvent sans manches (pour les femmes)
Taille *(de)*: du tranchant de l'épée
Targe: petit bouclier
Thériaque: médicament contre les poisons
Toise: ancienne mesure (1,949 m)
Torque: collier ou bracelet celtique de forme ronde
Tracasseux: troublé
Transir: geler
Triskell: étoile à trois branches enroulées en spirale.

Truchement : intermédiaire, interprète
Vair : fourrure d'écureuil
Valet de chiens : rabatteur
Vassal : noble lié à un seigneur plus puissant
Veneur : serviteur chargé des chiens
Vermeil : argent recouvert d'or
Vêture : vêtement
Vilain : paysan, homme du peuple
Vilénie : bassesse

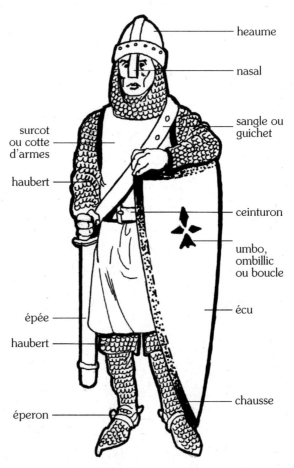

heaume

nasal

sangle ou
guichet

surcot
ou cotte
d'armes

haubert

ceinturon

umbo,
ombillic
ou boucle

écu

épée

haubert

chausse

éperon

COSTUME DU CHEVALIER
(XIᵉ-XIIᵉ s.)

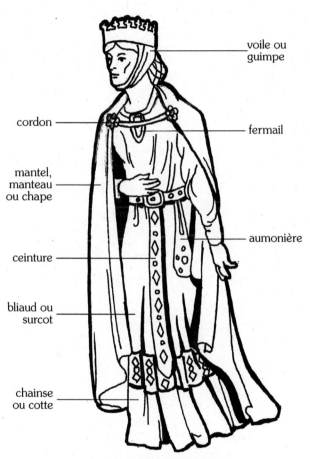

voile ou
guimpe

cordon

fermail

mantel,
manteau
ou chape

aumonière

ceinture

bliaud ou
surcot

chainse
ou cotte

**COSTUME FÉMININ
(vers 1070)**

TABLE DES MATIÈRES

Photo: Rémy Germain

DANIEL

MATIVAT

Professeur au secondaire, Daniel Mativat est l'auteur d'une vingtaine de romans pour la jeunesse. Installé au Québec depuis trente ans, il n'a pas pour autant oublié ses origines bretonnes et son cher Finistère où il a passé une partie de son enfance.

Rien de surprenant, dans ces conditions, que la Bretagne, terre de légendes, ait influencé son imaginaire peuplé de créatures fantastiques ou horrifiantes comme l'Ankou ou de chevaliers au destin fabuleux tels le roi Arthur, Merlin et Tristan. Personnages qui rappellent ce que l'antique culture celte nous a légué du fond des âges : le sentiment tragique de la vie et l'infinie tristesse de la destinée humaine qui mêle amour et mort pour nous faire rêver à d'impossibles bonheurs.

Collection Conquêtes

Ce livre a été imprimé
sur du papier enviro 100 % recyclé.

Empreinte écologique réduite de :
Arbres : 21
Déchets solides : 596 kg
Eau : 56 387 L
Matières en suspension dans l'eau : 3,8 kg
Émissions atmosphériques : 1 309 kg
Gaz naturel : 85 m³

Ensemble, tournons la page sur le gaspillage.